나는 강감찬이다

1판 1쇄 인쇄 | 2024년 06월 18일
1판 1쇄 발행 | 2024년 06월 24일

지 은 이 | 박선욱
펴 낸 이 | 천봉재
펴 낸 곳 | 일송북

주   소 | 서울시 성북구 성북로 4길 27-19(2층)
전   화 | 02-2299-1290~1
팩   스 | 02-2299-1292
이 메 일 | minato3@hanmail.net
홈페이지 | www.ilsongbook.com
등   록 | 1998.8.13(제 303-3030000251002006000049호)

ⓒ박선욱 2024
ISBN 978-89-5732-334-2 (03800)
값 14,800원

중세

귀주대첩으로 고려를 구한 구국의 영웅

나는 강감찬 이다

박선욱 지음

얕은물

11세기 동북아의 국제질서를 뒤흔들어놓은 귀주대첩

"거란의 2차 침입 때 대신들이 항복을 말했지만 나는 항복은 안 된다고 외쳐 위기를 넘겼다. 동북면병마사, 서경유수로 재직하면서 거란의 재침에 철저히 대비한 나는 거란의 3차 침입 때 귀주 벌판에서 적을 전멸시켰다. 고려는 막강한 저력을 바탕으로 거란, 송나라와 대등한 외교를 펼치며 평화를 누렸다."

- 강감찬이 독자에게 -

한국을 만든 인물 500인을 선정하면서

　일송북은 한국을 만든 인물 5백 명에 관한 책들(5백 권)의 출간을 기획하여 차례대로 펴내고 있습니다. 이는 긍정적이든 부정적이든 우리 역사에 뚜렷한 족적을 남긴 인물들의 시대와 사회를 살아가는 삶을 들여다보고 반성하며, 지금 우리 시대와 각자의 삶을 더욱 바람직하게 이끌기 위해서입니다. 아울러 한국인의 정체성은 무엇인가를 폭넓고 심도 있게 탐구하는, 출판 사상 최고·최대의 한국 대표 인물 콘텐츠의 보고(寶庫)가 될 것입니다.

　한국 인물 500인의 제목은「나는 누구다」로 통일했습

니다. '누구'에는 한 인물의 이름이 들어갑니다. 한 인물의 삶과 시대의 정수를 독자 여러분께 인상적·효율적으로 전할 것입니다. 무엇보다 지금 왜 이 인물을 읽어야 하는가에 충분히 답해 나갈 것입니다.

이번 한국 인물 500인 선정을 위해 일송북에서는 역사, 사회, 문화, 정치, 경제, 국방, 언론, 출판 등 각 분야의 전문가들로 선정위원회를 구성했습니다. 선정위원회에서는 단군시대 너머의 신화와 전설쯤으로 전해오는 아득한 상고대부터, 아직도 우리 기억에 생생한 20세기 최근세까지의 인물들과 그 시대들에 정통한 필자를 선정하고 있습니다.

우리는 지금 최첨단 문명시대를 살고 있습니다. 인터넷으로 실시간 글로벌시대를 살고 있으며 인공지능 AI의 급속한 발달로 인간의 정체성마저 흔들리고 있음을 절감하고 있습니다.

이러한 때일수록 인간의, 한국인의 정체성이 더욱 절실히 요구되고 있습니다. 그 정체성은 개인과 나라의 편협한 개인주의나 국수주의는 물론 아닐 것입니다. 보수와 진보 성향을 아우르는 한국 인물 500인은 해당 인물의 육성으로 인간 개인의 생생한 정체성은 물론 세계와 첨단 문명시대에서도 끈질기게 이끌어나갈 반만년 한국인의 정체성, 그 본질과 뚝심을 들려줄 것입니다.

차 례

책머리에

오늘날 우리에게 강감찬은 누구인가? 그가 걸었던 길, 그가 쌓아 올렸던 업적, 그가 수행했던 전쟁의 의미는 과연 무엇인가? 그 의미를 풀어내기 위해 한 걸음 더 들어가 보고자 한다.

강감찬이 살았던 고려는 대제국으로 성장한 거란의 위협을 받고 있었다. 거란은 중원을 침략하기에 앞서 고려와 송나라 사이의 관계를 단절시키기 위해 갖은 술수를 부리고 있었다. 1차 침입 때는 서희가 탁월한 외교술로 거란을 물리치고 강동육주를 획득했다. 그러나 강조의 정변이 발생하자 거란의 황제 야율융서가 40만 대군을 거느리고 2차 침략을 감행했다. 조정 대신들은 영토를 떼어주거나 항복하자고 주장했다.

이때, 오직 강감찬만이 홀로 항복하면 안 된다며 현종의 몽진을 주장했다. 현종을 사로잡아 고려를 굴복시키려는 계획이 수포로 돌아간 야율융서는 개경을 함락하고 불태우는 만행을 저질렀지만, 현종의 친조 약속을 전한 하공진의 말을 믿고 회군했다. 강감찬의 기지가 아니었다면 고려의 운명은 그때 끝장났을 것이다. 강감찬이 역사의 전면에 등장하는 장면은 이처럼 드라마틱하다.

강감찬은 완벽 그 자체였을까? 아니다. 『고려사』에는 강감찬의 외모가 체모왜루(體貌矮陋)라고 기록되어 있다. 그는 키가 작고 못생겼다. 그는 서른여섯 살에 문과에서 장원급제를 함으로써 불리한 신체 조건을 뛰어넘었다. 그는 지방관을 전전하면서도 병법서를 탐독했다. 북방의 산세와 기후 조건을 면밀히 살펴 실전에도 대비했다. 그는 겸손하면서도 당당한 논리와 언변을 갖추었다. 불의와는 타협하지 않았다. 위기 상황일 때는 빠르고 지혜롭게 판단했다.

강감찬은 나라를 구하고자 서경유수의 직을 감당하겠다고 자청했다. 일흔한 살의 나이였지만 기백을 잃지 않은 용기 있는 행동이었다. 그는 군사 요충지인 서경을 관할하는 수장으로서 군 통솔을 직접적으로 체험했다. 솔선수범하는 태도는 거란과의 전쟁을 다부지게 수행하는 데 밑거름이 되었고 현종의 무한한 신뢰를 얻는 요인이 되었다.

1018년, 거란은 고려가 친조 약조를 어겼다며 3차 침략을 감행했다. 이때 현종은 강감찬을 고려군의 총사령관인 상원수에 임명했다. 상원수 강감찬은 거란의 3차 침입 때 자신의 진가를 드러냈다. 10만 대군을 거느린 소배압이 흥화진을 우회하여 삼수채를 건너려 할 때, 강감찬은 이곳에 고려군을 미리 매복시켜 도강을 시도하는 거란의 선발대를 격퇴했다. 또한 강민첨과 조원의 부대를 보내 남하하는 거란군을 요격하게 함으로써 개경을 직공하려는 적들의 속도를 늦추었다.

거란군이 신속한 기동력으로 개경의 코앞까지 진격하자, 강감찬은 김종현 병마판관이 거느린 1만의 중갑기병뿐만 아니라 동북면의 군사 3,300여 명까지 개경으로 급파해 황성을 수호하도록 명령했다. 개경 방어에 나선 현종이 금군으로 구성된 100명의 중갑기병을 시켜 소배압의 돌격기병 300기를 격퇴하자 위기감을 느낀 거란군은 회군을 시작했다. 그때 김종현의 중갑기병이 맹렬히 추격해 거란군을 귀주 벌판으로 몰아갔다. 이 또한 강감찬의 작전이었다.

역사적인 대회전이 시작되었다. 고려군은 거란군과 치열한 접전을 벌였다. 막상막하였다. 그때, 북풍이 남풍으로 바뀌었다. 강감찬은 오랫동안 이 지역의 산세며 기후와 날씨, 바람의 변동 방향을 익힌 뒤 거란과 대회전을 치를 최후의 승부처로서 귀주 벌판을 선택한 터였다. 거란군이 거센 맞바람을 맞아 활조차 제대로 쏘지 못하던 그 순간, 거짓말처럼 김종현이 이끄는 1만의 중갑기병이 나타났다. 김종현의 철기병은 거란군의 후미에 날카로운 공격을 퍼부어 승기를 잡았다. 고려군은 귀주 벌판에서 압도적인 승리를 거뒀다. 거란의 10만 대군 중에서 살아 돌아간 숫자는 수천에 지나지 않았다. 거란군을 전멸시킨 귀주대첩의 대승은 26년 동안 이어진 고려거란전쟁에 종지부를 찍은 찬란한 업적이었다.

11세기 동아시아 최강인 거란군을 격퇴한 강감찬의 이야기는 어느 한순간에 우연히 만들어진 것이 아니다. 남들보다 한발 앞서 생각하고 철저히 대비한 준비 정신에서 이미 승리의 씨앗이 자라난 것이다. 그는 최후의 결전에서 "이제 전쟁을 끝마쳐야 할 때다."라며, 단 한 뼘의 영토도 적에게 내주지 않겠다는 단호함으로 맞섰다. 대회전을 통해 거란군을 격퇴함으로써 다시는 그들이 고려를 침략하지 못하게 하겠다는 의지로 섬멸전을 펼쳤다. 준비된 자가 보여준 성실함에는 허세가 없다. 거란군의 침입 경로를 예측한 것은 적장의 처지에서 생각해볼 줄 아는 혜안의 소산이다. 지피지기면 백전백승이라는 말이 옳은 이유다.

귀주대첩 이후 200년 동안 고려에는 찬란한 문화의 꽃이 피어났고 번영과 평화의 시대가 활짝 열렸다. 강대국들의 틈바구니에서 부대껴야 하는 한반도의 지정학적 위치는 그때나 지금이나 변함이 없다. 그렇기에 국난을 극복한 강감찬의 지혜와 용기는 오늘날에도 우리에게 귀감이 된다. 철저한 준비를 통해 미래를 대비하는 성실한 자세, 협력과 인화를 바탕으로 목표를 달성하려는 지도자적인 자세에서 배울 점을 찾아야 하는 것이다. 이 책을 집필한 의도는 바로 여기에 있다.

1장

큰 별을 품고 태어난 아이

서기 948년의 어느 날 밤, 한 중국 사신이 금주 고을로 들어오면서 큰 별이 떨어지는 것을 보았다. 사신이 아전을 앞세워 그 집으로 찾아가 본즉, 별이 떨어진 집의 마나님이 방금 사내아이를 낳았다는 것을 확인했다. 아이를 본 사신은 예언을 남기고 떠났다.

"이 아이는 장차 나라를 구할 큰 인물이 될 것이오."

그 아이가 바로 강은천이었다. 강감찬의 5대조 할아버지인 강여청은 서라벌에서 경기도 시흥군으로 옮겨와 금주(지금의 관악구 봉천동)의 호족이 되었다. 그는 금천 강씨의 시조다. 강감찬의 아버지 강궁진은 태조 왕건이 고려를 건국할 때 공을 세운 삼한벽상공신으로서 명망 높은 가문의 기틀을 다졌다.

은천은 다섯 살도 되기 전에 서책을 가까이 했다. 훈장이 한 개를 가르쳐주면 열 개를 깨우칠 정도로 유난히 총명했다. 글공부가 끝나면 아버지의 가르침에 따라 검술, 말타기, 활쏘기와 같은 무예 훈련도 꾸준히 했다. 열다섯 살 때부터는 병법도 배웠다. 진을 설치하여 전투를 전개하는 방법을 배울 때면 눈빛이 빛나곤 했다. 아버지는 몸소 겪었던 전투 장면을 예로 들 때가 많았다. 그 장면들은 병법을 운용하여 다양한 진법을 구사하는 방법을 알게 해주는 효과적인 자료였다.

이야기 속에 등장하는 인물들은 대부분 아버지의 부하 장수였다. 힘겹게 물리쳐왔던 적들과의 싸움 장면을 떠올릴 때도 있었다. 아버지는 고려의 개국공신이었다. 태조 왕건을 도와 삼한일통의 과업을 달성한 뒤 삼한벽상공신의 반열에 올랐다. 과묵한 아버지였지만 생사를 넘나드는 전투 장면을 회상할 때면 표정이 상기되었다. 숱한 이야기들은 모이고 모여 겨레붙이들의 크나큰 발자취를 이루었다. 그 발자취 속에서 역사의 문맥을 읽어낼 수 있을 만큼 시간이 흐르는 사이, 어느덧 소년은 청년으로 성장했다.

뒷날 송나라 사신이 청년 강은천을 보러 왔다. 강은천은 이때 키 크고 번듯한 선비와 옷을 바꿔 입고 인사를 했다. 송나라 사신은 남루한 옷차림의 키 작고 못생긴 강은천에게 곧장 다가가 말을 건넸다.

"문곡성이 중국에서 사라져 안 보이더니 바로 동방에 계셨구려."

그가 엎드려 큰절을 올리니 다들 놀라워했다.

은천이 열여덟 살이 되던 해의 어느 날, 글공부를 마친 뒤 아버지가 옛이야기를 들려주었다.

"고구려라는 나라를 알고 있지?"

"예. 우리 고려가 고구려를 계승했다는 사실을 늘 자랑스럽게 여기고 있사옵니다."

"을지문덕 장군의 살수대첩에 대해서도 알고 있겠지?"

"대강은 알지만 더 자세히 듣고 싶사옵니다."

"음, 좋다. 수나라는 중국을 통일한 뒤부터 고구려를 끊임없이 괴롭혔느니라. 어느 날, 수나라 황제인 문제는 고구려를 집어삼키기 위해 대군을 일으켰지. 바다와 육지에서 한꺼번에 쳐들어와 공격했지만 고구려 병사들이 모조리 막아냈단다. 수 문제가 죽자 그의 아들이 황위에 올랐는데, 그가 바로 수나라 양제란다. 수 양제도 자기 아버지처럼 고구려를 침략했단다. 수 양제가 고구려를 치기 위해 끌어모은 군사들의 숫자가 얼마인지 아느냐?"

"……."

"자그마치 113만의 대군이란다. 식량을 나르는 자들은 그 두 배나 되었지. 도합 300만이라는 어마어마한 군대가 북경에서부터 진군하는데, 그 행렬의 길이가 자그마치 960리에 달했고, 출발하는 데만 한 달 하고도 열흘이 걸릴 정도였어. 요하를 건넌 수나라 육군은 고구려의 요동성을 석 달 동안 공격했지만 고구려군은 꿋꿋하게 버텼지. 육군에 이어 수군도 배를 타고 건너와 대동강 물길을 타고 평양 근처까지 진격했어. 이때 고구려 영양태왕의 동생인 고건무 장군이 이끄는 5백 명의 결사대가 이들을 몰살시켰단다."

"굉장하군요."

"수 양제는 화가 단단히 나서 30만 명의 별동대로 평양성을 공격하라고 지시했지. 고구려의 을지문덕 장군은 부하 장수들에게 수나라 병사들을 슬슬 유인하도록 했어. 수나라 별동대장은 후퇴하는 고구려군을 계속 추격해왔지."

"정말로 지는 게 아니었군요."

"작전이었지. 수나라 군사들은 고구려 땅 깊숙이 쳐들어오느라 몹시 힘들고 지쳐 있었어. 그때, 미리 매복해 있던 고구려 병사들이 사방에서 에워싸며 공격하기 시작했단다."

"수나라 군사들이 혼비백산했겠네요."

"진짜 놀랄 일은 그다음부터야. 퇴각하는 수나라 군대가 살수를 절반쯤 건넜을 무렵, 갑자기 강물이 밀물처럼 밀려와 모든 것을 쓸어가 버렸단다."

"강물이요?"

"그래, 을지문덕 장군은 처음부터 수나라 군사들을 그곳까지 유인해서 물리칠 계획을 세워두었던 거란다. 부하들을 시켜서 미리 강물을 막아놓았다가 수나라 군사들을 끌어들인 뒤 둑을 터뜨려 수공 작전을 펼친 것이지."

"정말 기발한 작전이에요!"

"수나라 군사들이 강물에 휩쓸려 중심을 잃고 쓰러질 때, 매복하고 있던 고구려군이 일시에 들이닥쳐 마구 베어 버렸어. 30만의 별동대 중에서 살아 돌아간 자는 겨우 2,700명에 지나지 않았단다. 수나라 대군을 몰살시킨 이 전투를 살수대첩이라고 한단다."

"아하!"

은천은 저도 모르게 감탄사를 토해냈다.

"살수대첩에 대한 궁금증은 좀 풀렸느냐?"

"가슴속이 후련해졌사옵니다."

"잘됐구나. 이 아비는 손님과 만날 일이 있어서 먼저 일어서마."

"예."

아버지는 탁자 위에 놓인 찻잔을 한 모금 마신 뒤 자리를 떴다. 혼자 남은 은천은 먼 옛적의 일들을 잠시 상상해 보았다. 그러고는 뒷산에 가서 몇 시진 동안 활쏘기를 했다.

그날 밤, 저녁식사가 끝난 뒤 아버지가 은천을 불렀다.

"은천아."

"예."

"밥도 먹고 했으니 좀 걷자꾸나."

"좋습니다."

뒤뜰로 나가니 달이 휘영청 밝았다. 낮에 피어 있던 꽃들이 밤의 그늘 속으로 들어가 은은한 봄의 정취를 뿜어내고 있었다.

"아까 살수대첩 얘기를 할 때 빠뜨린 대목이 있었구나. 사실 수나라의 문제는 고구려를 여러 차례 침략했단다. 그런데 맨 처음 수나라와 싸웠던 장군이 있었지. 그분이 바로, 우리의 조상님이신 강이식 장군이란다. 그분이 수나라 대군을 크게 무찔러서 큰 승리를 거두었지.

"강이식 장군이, 우리 조상님이 그렇게 대단한 분이셨사옵니까?"

"그렇단다. 우리는 나라를 구한 강이식 장군님의 후손임을 항상 잊지 말거라."

"예, 아버지."

'만약 외적이 우리 고려를 침략해온다면, 나라면 어떻게 할 것인가?'

그날 밤, 자기 방으로 돌아온 은천은 이런 질문을 자신에게 해보았다. 적을 어떤 방법으로 물리치면 좋은지, 앞으로 두고두고 생각해 볼 일이었다. 또한, 아버지가 들려준 강이식 장군님에 관한 이야기를 마음속 깊이 간직하고 싶었다. 멋진 조상님이 자랑스러웠다.

혼자 골똘히 생각에 잠겨 있을 때, 어머니가 국화차를 들고 방 안으로 들어왔다.

"아버지랑 무슨 얘기를 그리 다정하게 했느냐? 보기 좋더구나."

"우리 조상님, 강이식 장군님에 관해서 말씀해 주셨사옵니다."

"오, 강이식 장군님! 수나라 대군을 물리친 고구려의 명장이시지."

"그런데, 어머니."

은천이 차를 마시다 말고 말했다.

"왜? 무슨 할 말이라도 있는 거냐?"

어머니가 물었다.

"음, 저처럼 키 작고 못생긴 사람도 나라를 위해 큰일을 할 수 있는지요?"

"원 별 소릴. 누가 너더러 놀리기라도 했느냐? 네가 어디가 어때서 그러냐?"

"그런 건 아니옵고……."

"내가 너를 낳을 때, 하늘에서 큰 별이 우리 집으로 떨어졌더랬어. 그때 우리 고을 부근을 지나던 어느 사신이 그 광경을 보고 집으로 찾아왔단다. 그 사신은 너희 아버지께 '이 댁에 문곡성이 떨어지는 모습을 보았습니다. 문곡성은 북두칠성의 네 번째 별인데, 학문을 관장하는 별이 아니겠습니까? 천문 현상이 하도 기이해서 여기까지 왔습니다.'라며 반가운 표정으로 말을 건넸지. 그러고는 '이 댁에 참으로 귀한 사내아이가 태어났으니, 장차 이 아이가 나라를 구할 큰 인물이 될 것입니다. 괜찮으시다면, 이 아이를 개경으로 데리고 가고 싶습니다. 허락해 주시겠습니까?'라고 말했단다. 처음엔, 네 아버지와 나는 그 사신의 말에 당황하였지. 그러자, 그 사신은 우리 가족이 개경으로 옮겨 가면 네가 커가는 동안 학문을 가르쳐 주겠다고 약속하더구나. 우리 부부는 사신의 제안을 받아들여서 개경으로 이사했지. 네 아버지는 원래 금주의 호족이었지만, 도성 안에서 살아가는 것도 나쁘지는 않았어. 너는 너대로 학문에 정진할 수 있는 기회가 생겨서 유익했고, 네 아버지는 여러 개국공신과 더 폭넓게 교류할 수 있어서 좋았지. 너는 어릴 적부터 매우 총명했고 공부에도 열의를 보였단다. 그리고 지금은 뛰어난 지혜를 갖춘 청년으로 성장하고 있어서 이 어미는 더할 나위 없이 흡족하구나. 이제, 조금 전의 네 질문에 답을 해야겠다. 사람은 외모보다는 마음속에 지닌 뜻이 커야 한단다. 나라를 사랑하고, 이 강토를 소중히 여기며, 백성을 아끼는 마음으로 살아가야 해. 부디 그 마음을 닦고 또 닦아서 장차고려를 구하는 큰 인물이 되기를 바란다.”

“예, 어머니. 명심하겠사옵니다.”

은천은 어머니가 해주신 충고를 깊이 새겼다. 하지만웬일인지 글공부를 열심히 하면서도 과거에는 관심이 없었다. 그보다는 고려를 둘러싸고 있는 여러 나라의 동향에 대한 관심이 더욱 컸다. 그것은 어쩌면 집안 내력 때문인지도 모를 일이었다. 수나라 군대를 물리친 고구려의 강이식 장군, 고려를 건국하는 데 이바지한 아버지 강궁진 장군이 모두 무인 출신이 아니던가. 서책을 들여다보면서도, 국경의 북쪽을 침범해오는 외적에 대해 신경을 쓰는 편이었다.

　은천은 동문수학했던 벗들과 나들이를 갈 때가 많았다. 말을 타고 훌쩍 떠난 뒤, 며칠씩 온 나라의 이곳저곳을 돌아다니며 백성들의 삶을 살피고는 했다. 때로는 동쪽과 서쪽의 국경 근처까지 가서 산천을 유람하며 시를 읊기도 했다. 겉으로는 소풍을 다니는 것처럼 보였지만 실제로는 국토의 산과 강, 들판과 성곽을 두루 다니면서 지형지물을 익히는 열성을 보였다. 또한, 국경 지역에 이르면 그곳의 토박이 어른들에게 국밥과 술을 대접하며, 그 고장의 기후 조건에 대해서도 세세하게 물어보았다. 남들 눈에는 영락없이 한량으로 보일 만한 일들을 아무렇지도 않게 해나갔다. 글공부하는 선비가 가끔 사냥복 차림으로 활을 메고 나가 며칠씩 산과 들을 쏘다니며 올 때가 많으니, 마을 어른들은 소문난 신동이 재능을 썩히는 게 아깝다며 혀를 끌끌 찼다. 그렇게 세월이 흐르고 또 흘렀다.

어느 날, 어머니가 불렀다.

"이제 네 나이도 어언 30대에 접어들었구나. 언제까지 유유자적하고 있을 테냐? 남들은 네가 그저 음풍농월이나 하며 하릴없이 시간만 허비한다고 생각할 것이다. 자세히는 모르겠다만, 이 어미는 네가 남다른 고민을 풀기 위해 골몰해왔으리라 짐작하고 있다. 하지만 네가 집안의 명성을 지키려면 과거에 응시해야 한다. 네 아버지가 개국공신이니 비록 크게 노력하지 않아도 웬만한 음서직을 얻을 수는 있을 것이다만, 그리 떳떳한 일은 아닐 것이다. 이제라도 마음을 다잡아서 과거를 보도록 하여라. 국가에서 시행하는 시험을 통과해서 당당하게 네 뜻을 펼쳐다오."

어머니의 당부가 심장 깊은 곳을 울렸다. 은천은 그날부터 밤을 낮 삼아 서책을 붙잡고 씨름했다. 그렇게 공부한 지 몇 년 만에 문과 시험을 치르는 과장에 들어섰다. 그때 은천은 비교적 늦은 나이인 서른여섯 살이었다. 과장은 전국 각지에서 온 선비들로 가득 차 있었다. 응시자 은천은 출제자의 의도를 깊이 헤아려 답안지를 채워 갔다. 감독관이 모든 응시자 앞에 놓인 답안지를 다 거둬 갔다. 결과가 발표되기까지의 시간이 몇 년은 된 것처럼 길게 느껴졌다. 이윽고 지공거가 합격자 명단이 적힌 종이를 들고 연단에 나타나 큰 소리로 외쳤다.

"강은천, 장원 급제!"

앞으로 불러나간 은천에게 관리들이 관복을 입혀주었다.

"그대가 강궁진 공의 아들 은천인가? 태조 폐하께서 고려를 개국하실 때 그대의 부친이 큰 공을 세웠다고 들었다. 개국공신의 아들이 문과에서 장원으로 급제하니 이보다 기쁠 수가 없도다. 앞으로 고려의 평안을 위해 힘을 쏟도록 하라."

성종이 두 손을 맞잡으며 말했다.

"예, 폐하. 황은이 망극하옵니다."

은천은 과거에 합격한 뒤 이름을 감찬으로 개명했다.

강감찬은 하급 관리로서 관직 생활을 시작했다. 강감찬은 겸손했으며 대화할 때는 상대방의 말을 경청했다. 하지만 불의와 타협하지는 않았다. 여러 해가 지난 뒤, 강감찬에게 지방관 자리가 배정되었다. 비로소 한 고을을 다스리게 된 강감찬은 그동안 배워온 성현의 가르침대로 백성들을 잘 보살펴 나갔다. 그는 시간이 지날수록 좋은 목민관으로 칭송을 받았다. 조금 특이한 점이 있다면 다른 고을의 수령과도 교류를 많이 하기 위해 노력한다는 것이었다.

모처럼 시간이 나게 되면 수행원 몇 명만 데리고 서북면 부근을 다녀오곤 했다. 그는 그곳의 산세와 지형을 두루 살펴보는 데 열중했다. 산과 강물과 들판의 거리, 골짜기와 봉우리의 깊이와 넓이, 성곽과 해자, 성벽의 견고함 따위를 주의 깊게 살펴보았다. 그는 그것을 머릿속에 깊이 새겨 넣었고, 때로는 그림을 그려서 따로 보관해 두기도 했다.

한번은 홍화진과 삼교천을 둘러보았고, 또 한번은 바람의 흐름을 온몸으로 느껴 보겠다며 귀주성 앞의 너른 벌판에 서 있기도 했다. 때로는 인근의 촌로들에게 농주를 사주면서 그곳 날씨에 대해 자세히 물어보기도 했다. 수행원들은 그것을 사또의 별난 취미쯤으로 치부했지만 강감찬은 그 뒤로도 같은 원행을 계속했다.

역사는 흐른다

하루의 일과가 끝나면 강감찬은 청년 시절 아버지와 나누었던 대화를 떠올리곤 했다.

『손자병법』을 보니, 적과의 싸움에서는 형세가 매우 중요하다고 나와 있더구나. 형은 글자 그대로 모양이요, 세는 곧 기세이니 그 둘을 합쳐 형세라 한다. 적과 대치할 때 아군의 형세, 즉 모양새를 갖추는 것은 승패를 좌우하는 초석이니라. 아군의 진을 어디에 어떻게 설치하는지를 판단하는 것이 장수의 안목이니라. 그 말을 풀어 보자면, 적을 칠 때 가장 유리한 지점을 차지해야 승기를 잡을 수 있다는 것이다. 누구나 아는 이야기여서 쉽게 생각할 수 있지만, 실제 전장에 임하는 장수로서는 자신의 선택 여하에 따라 병사들의 목숨이 좌우되는 일이니 여간 신중하지 않으면 안 되는 것이다. 적들과 맞섰을 때 진을 어디에 설치할 것인지, 아군의 병력을 어느 곳에 배치할 것인지를 판단하고 부하 장수들에게 지시하는 것, 이것은 아무리 강조하고 또 강조해도 지나치다 할 수 없을 만큼 매우 중요한 것이다."

"유념하겠사옵니다. 그런데, 아버님. 제가 틈틈이 무예를 연마하기도 하지만, 학문에 뜻을 둔 제가 과연 전쟁터의 장수가 될 수 있을는지요?"

"고구려의 을지문덕 장군이 처음부터 무관이었더냐? 그가 수나라 장수 우중문에게 써서 보낸 「여수장우중문」을 알고 있겠지?"

"외우고 있을 정도로 좋아하는 시이옵니다."

"문장가들도 그 시를 빼어난 오언시로 평가할 정도다. 학문을 닦고 시문을 두루 익히지 않고서는 나올 수 없는 수준이라면서 말이다. 영양태왕은 문관으로서 높은 직위에 있던 그를 고구려 군대를 통솔하는 총지휘관으로 임명했다. 문무를 겸한 그가 병법에도 밝았기에 국운을 건 한 판 승부에서 탁월한 전략과 전술을 활용해 수나라 대군을 격파한 것이니라. 학문을 연마한 문관이라도 황제의 명이 떨어지면 언제든 장수가 되어 전쟁터에 나아가 나라에 충성해야 하거늘, 쓸데없는 걱정일랑 접어 두거라."

"알겠사옵니다."

"우리 태조 폐하께서는 후삼국을 통일하신 뒤 북방 진출을 강렬히 열망하셨단다. 고구려의 옛 영토 회복이라는 원대한 꿈을 꾸셨던 것이지. 하지만 국경 너머의 서북쪽에는 거란이 있고, 동북쪽에는 여진이 있어 우리 고려를 위협하는 걸림돌이 되고 있구나."

"만약 외세가 침략하여 국가의 존망을 위태롭게 할 지경이면, 소자 또한 언제든 갑옷을 입고 전장에 나가서 나라를 위해 싸울 것이옵니다."

"그래야지, 암. 훌륭한 생각이다. 외적의 침입을 막아낼 만한 역량을 갖추어야만 평화를 얻을 수 있느니라. 지금 중원과 북쪽의 동태가 심상찮으니, 우리는 모두 이에 대비하는 게 좋을 것이다. 그러니, 너부터라도 모름지기 문무를 다 갖추되, 병법서를 가까이 두고 외울 만큼 자주 펼쳐 보는 게 좋겠구나."

"전쟁에 나서는 장수가 군대를 이끌고 진을 칠 때 형세를 잘 갖추어야 한다고 하셨사옵니다. 그 후에 꼭 해야 할 마지막 수가 있사옵니까?"

"죽기를 각오하고 싸우는 것이 마지막 수일 것이다. 적과 아군이 백중세일 때 아군이 좋은 형세를 갖추는 것이 첫 번째라면, 그런 연후에 기세를 몰아서 일격을 가하는 것이 두 번째 수다. 적의 송곳니를 반드시 부숴야 한다. 세 번째 수는 적이 다시는 맥을 못 추도록, 아니 더는 침략할 의지를 갖지 못하도록 적의 심장부를 끊어내는 것이니라. 그것이 마지막 수, 필살의 일격일 터이다."

"섬멸하는 것이옵니까?"

"그렇다. 섬멸전이다."

아버지와의 대화를 떠올리자, 얼마 전 국경 일대를 돌아볼 때의 일들이 되살아났다. 접경 지역에서는 늘 전운이 감돌고 있었다. 삭주, 청주, 연주 등지에서는 여진족이 시시때때로 민가에 쳐들어와 노략질을 했다. 압록강 너머에서는 요하를 중심으로 세력을 키운 거란이 고려를 향해 호시탐탐 침략의 야욕을 불태우고 있었다. 아무리 생각해 보아도, 지금 당장 고려를 위협할 나라는 단연코 거란이었다.

아버지와 어머니를 비롯한 집안의 어른들을 통해서, 그리고 성장하는 동안 학문을 닦도록 인도해준 스승과 서책들을 통해서 알게 된 고려의 역사는 가시밭길의 연속이었다. 고려의 역사는 단군과 고조선과 부여와 고구려의 역사였고, 신라와 백제와 발해의 역사였다. 그 기나긴 역사를 단숨에 하나로 꿰기는 어렵지만, 강감찬은 최근에 벌어진 민족사의 흥망성쇠에 대해서만큼은 잊지 않으려 했다. 강감찬은 뒤뜰을 천천히 걷는 동안 먼 하늘을 응시하며, 고려를 둘러싼 세상의 변화와 곡절들을 찬찬히 되짚어 보았다.

거란과 송나라의 등장

    강감찬이 태어나기 한 해 전, 거란의 여러 부족을 통합한 야율아보기는 국호를 요(遼)로 바꾸었다. 야율아보기는 신속한 기동력으로 몽골을 거쳐 토번계 강족의 일부가 다스리던 당항을 점령함으로써 서쪽 부족을 평정했다. 그런 다음 동쪽으로 방향을 바꾸어 발해의 부여부와 상경용천부를 격파함으로써 해동성국으로 불리던 발해를 멸망시켰다. 서쪽과 동쪽에 걸쳐 거대한 제국을 형성한 거란은 동서 교역로를 모두 장악한 패권 국가로 급성장했다.

    한반도에서는 신라가 쇠퇴기에 접어들자 각 지방에서

호족들이 세력을 키워 나갔다. 견훤이 완산주에서 후백제를 세웠고, 신라의 왕족 출신인 궁예가 송악에서 후고구려를 세웠다. 이 무렵 송악의 호족 출신인 왕건은 궁예의 부하로서 신임을 얻고 있었다. 하지만 궁예의 폭정이 극에 달하고 민심이 요동칠 때 그를 몰아내고 918년 나라를 개창했다. 거란이 중국식의 나라 이름인 요나라로 국명을 바꾼 지 2년 후의 일이다.

왕건은 고구려를 계승한다는 의미에서 평양을 대도호부로 삼고 국호를 고려로 정했다. 당당히 황제국임을 선포하며 연호를 천수로 내걸었다. 935년에 신라를 흡수한 왕건은 936년 일선군(지금의 경북 구미시 일대)에서 일리천을 사이에 두고 벌인 후백제와의 전투에서 압도적인 승리를 거두었다. 이 전투를 끝으로 후삼국 통일의 위업을 달성한 왕건은 고려를 개국한 뒤 고구려의 옛 영토를 수복하겠다는 일념으로 북방정책을 추진해 나갔다.

고려를 건국한 지 8년 만인 926년, 거란에 의해 발해가 멸망하는 대사건이 벌어졌다. 거란군에 의해 발해의 황성이 불타고 황실 기록물들은 모두 불태워졌다. 야수 같은 거란군은 발해의 성읍을 잔인하게 약탈하고 방화했으며, 발해 백성들을 학살하고 남녀노소 가릴 것 없이 노예로 끌고 갔다. 이즈음 발해의 태자 대광현이 수만 명의 발해인을 이끌고 고려로 귀순해왔다. 이와 때를 같이 하여 망국의 아픔을 겪은 발해 유민들이 고려로 물밀듯이 몰려왔다.

중국에서는 당나라 멸망 이후 오대십국(五代十國)이 이합집산을 거듭하던 중, 936년 천평군 절도사로 좌천되었던 석경당이 후당을 무너뜨리고 후진을 세워 초대 황제로 등극했다. 석경당은 후당을 칠 때 거란에 병력 지원을 요청했는데, 그 과정이 자못 굴욕적이었다. 석경당은 요나라(거란) 2대 황제인 태종 야율요골에게 상주문을 보냈다.

"폐하의 아들이 될 터이니 군사를 일으켜 후당을 공격해 주소서."

야율요골은 요나라 태조의 차남이며 당시 서른일곱 살이었다. 따라서, 마흔일곱 살의 석경당이 야율요골에게 아버지라고 부르며 섬기겠다고 하자 대경실색한 심복 유지원이 만류했다.

"칭신(稱臣)까지는 몰라도 부자관계를 설정하는 것은 지나치시옵니다."

하지만 후당을 칠 욕심에 눈이 먼 나머지 석경당은 끝내 유지원의 읍소를 뿌리치고 자신의 뜻을 밀어붙였다. 그는 한술 더 떠서 만리장성 이남의 노른자 땅인 연운16주를 넘겨주겠다는 약조를 했다. 요 태종은 석경당의 요청을 흔쾌히 받아들여 후당을 치겠다는 답변을 내렸다.

그해 가을, 거란은 5만의 군사를 몰고 와 후당을 무너뜨린 뒤, 석경당에게 약속한 땅을 내놓으라고 윽박질렀다. 석경당은 이 요구를 물리칠 방도가 없었기에 화북 지방의 연주(지금의 북경)와 운주 일대(산서성의 대동)를 포괄하는 연운16주를 거란주에게 바칠 수밖에 없었다.

석경당은 후당을 멸망시킨 거란의 황제를 어버이로 섬긴다는 서약 이외에도, 거란에 해마다 30만 필의 비단을 조공하겠다고 약조했다. 중국 왕조가 오랑캐라 여기며 천시해왔던 거란에 사대하는 굴욕적인 관계를 맺게 된 것이다.

석경당의 즉위식에는 요의 태종 야율요골이 직접 찾아와 거란의 의복을 입혀 주며 황제로 책봉해 주었다. 이 책봉식은 석경당이 말만 후진의 황제였지 요나라, 즉 거란이 관할하는 속방의 일개 군주와 같은 처지로 전락했음을 만천하에 확인해준 절차였던 셈이었다.

연운16주는 만리장성 바깥에 존재하는 북방 이민족의 침입을 막아주는 천혜의 방벽으로 작용하던 군사적 요충지였다. 또한, 풍부한 물자와 비옥한 곡창지대를 바탕으로 활발한 교역 활동이 이루어져 부가 넘쳐나는 곳이었다. 전략적 가치가 출중한 연운16주를 확보하게 된 거란은 더욱 강성한 제국으로 우뚝 서게 되었다.

이즈음, 고려 왕건은 후진에 사람을 보내 거란을 함께 치자고 제안했다. 그러나 거란의 눈치를 보고 있던 후진은 우물쭈물 넘어가고 말았다. 매년 막대한 공물을 거란에 바치느라 국력이 허약해질 대로 허약해진 후진으로서는 감히 고려와 힘을 합쳐 거란을 칠 만한 형편이 되지 못했던 까닭이었다.

942년 석경당이 죽은 후 그의 조카 석중귀가 황위에 올랐다. 석중귀는 거란의 압박으로부터 벗어나고자 독립을 선언했다. 이에 발끈한 거란은 즉시 후진을 침략하고자 했다. 하지만 섣불리 군사 행동에 나서면 고려가 거란의 뒤통수를 칠 것을 염려하여 유화 전략을 세웠다.

"우리 거란은 고려와 화친을 맺고자 합니다."

거란 황제는 후방의 안전을 도모할 목적으로 고려에 사신단 30명을 보내 화친을 제안했다. 또한, 사신 행렬은 낙타 50필을 가져와 태조 왕건에게 선물로 바쳤다. 이는 적극적으로 화친을 맺고자 하는 간절함의 표시였다. 하지만 왕건은 거란이 내민 화의의 손길을 단호하게 뿌리쳤다.

"거란은 우리 고려와 유대관계를 맺었던 발해를 멸망시키는 무도한 짓을 저질러 신망을 잃었다. 그러니 고려와 거란은 결코 이웃으로 지낼 수 없도다!"

왕건은 차가운 어조로 말하며 거란의 사신들을 섬으로 유배를 보내도록 명령했다. 또한 낙타들을 만부교 아래에 묶어 두어 모조리 굶겨 죽였다. 거란을 적국으로 간주하고 선전포고에 가까운 결연한 의지를 표명한 것이다.

왕건은 그 후로도 고구려의 옛 강역을 회복하고자 노력했다. 하지만 이듬해인 943년 7월, 66세를 일기로 왕건이 사망함으로써 그의 숙원 사업이었던 북방 개척의 뜻을 끝내 이루지 못했다.

왕건이 죽고 나서 넉 달 뒤인 943년 11월, 후진의 2대 황제인 석중귀가 고려에 사신을 보내 함께 거란을 공격하자고 제안했다. 하지만 고려의 2대 황제인 혜종은 계속 불안한 나날을 보냈다. 왕권을 노리는 정적들이 도처에서 암약하고 있었고, 그들이 보낸 자객들의 암살 시도가 거듭되는 상황인지라 밤잠을 편히 잘 수 없었다. 게다가, 각 지역의 호족들을 미처 제압하지 못할 정도로 왕권이 약했기에 거란을 치기는커녕 자신의 안위에 더욱 골몰해야 하는 긴박한 상황이었다.

후진과 연합전선을 형성할 수 있는 절호의 기회가 속절없이 날아가면서 3년여의 시간이 흘렀다. 그 사이 석중귀는 요의 태종을 섬기려 하지 않을뿐더러 스스로 신하라 칭하기를 거부했다. 요나라 태종 야율요골은 머리끝까지 화가 치밀었다. 946년, 야율요골은 세 차례나 후진을 공격한 뒤에 끝내 석중귀를 사로잡음으로써 후진을 멸망시켰다. 후진을 쓸어버린 뒤, 야율요골은 동쪽을 향해 이를 갈았다.

"두고 봐라. 지난날의 만부교 사건으로 우리 거란에 치욕을 안겨준 고려를 반드시 응징할 것이다!"

2장

혼란의 나날들

　　강감찬이 태어나기 6년 전인 942년은 만부교 사건이 벌어진 해였다. 이 해는 고려의 외교사에 커다란 획을 그은 단 한 사람, 서희가 태어난 해이기도 했다. 정복왕조인 거란의 칼끝이 고려를 향해 겨누어지고 있던 무렵이었다. 947년, 최광윤이 고려로 은밀히 사람을 보내 비밀 서찰을 고려 황실에 전했다.

　　"거란이 머지않아 고려를 침공할 조짐이 보입니다."

　　최광윤은 고려의 대 유학자인 최언위의 아들이었다. 그는 청년 시절 후진으로 건너가 유학 생활을 하기도 했다. 거란이 후진을 무너뜨린 뒤 성읍의 백성들을 끌고 갈 때

최광윤 또한 함께 포로로 잡혀 거란으로 끌려갔다. 거란에서는 한학에 조예가 깊은 그에게 강제로 관직 생활을 하게 했다. 문신 관료가 부족했던 거란은 글을 읽고 쓸 수 있는 자라면 한족이건 발해인이건 가리지 않고 등용하고 있었다.

얼마 후, 최광윤은 거란의 사신으로서 귀주로 건너왔다. 거란이 고려를 침공하기 전, 여진족을 회유해 고려를 돕지 못하게 하려는 게 사신단의 임무였다. 그는 이때 고려에 호의적인 감정을 갖고 있던 여진족에게 부탁해 자신이 쓴 밀서를 고려 조정에 전했던 것이다. 밀서를 건네받은 고려 조정은 팽팽한 긴장감에 휩싸였다.

이 무렵 고려에는 혜종이 죽은 뒤 제3대 황제인 정종이 즉위해 있었다. 왕건의 둘째아들인 정종은 거란의 위협에도 굴하지 않고 부황(父皇)의 유지를 받들어 청천강 너머의 박주 땅에 성을 쌓는 등 북방 개척에 힘썼다. 그는 서경 도읍을 목표로 서경에 궁궐을 짓고 사민정책(徙民政策)을 펴는 등 옛 고구려 영토를 수복하기 위해 열정을 불태웠다. 또한, 최광윤의 비밀 서찰을 받고 위기의식을 느낀 나머지 광군사를 조직해 전국에서 30만 명의 군사를 징발해 광군으로 명명한 뒤 조련하기 시작했다.

거란의 태종은 후진 침공 후 갑작스레 사망하여 정세에 변화가 생겼다. 고려에서는 서경의 궁궐이 완성되기도 전, 즉위한 지 4년 만에 정종이 사망했다. 일촉즉발의 위기감이 고조되었으나 고려와 거란 사이의 전쟁은 일어나지 않았다.

정종 사후, 왕건의 넷째아들인 광종이 고려의 제4대 황제가 되었다. 광종은 태조 왕건의 훈요 10조를 기반으로 나라를 다스렸다. 중국 후주에서 귀화한 문신 쌍기의 건의로 과거제도를 도입했으며 노비안검법을 시행해 국가의 체계를 정비해 나갔다. 또한 태조의 유훈에 따라 북방을 개척하기 위해 곳곳에 성을 축성했다. 태조 왕건이 대동강과 청천강 사이에 성을 쌓아 외침에 대비했듯이, 광종의 치세에는 청천강과 대령강 사이에 성을 쌓으며 국방을 강화해 나갔다.

한편, 거란의 태종이 죽은 후 즉위한 세종과 목종이 정적들에게 차례로 암살당하면서 거란 내부에는 커다란 혼란 상황이 발생했다. 거란이 혼란기에 빠져 있을 무렵 중국에서는 오대(五代)의 마지막 왕조인 후주가 건국되었다. 개봉에 수도를 둔 후주는 951년에 곽위(郭威)가 후한을 멸망시키고 세운 국가였다.

후주의 두 번째 황제인 시영은 남쪽을 평정하여 세력을 키운 뒤 북벌을 시도해 거란을 질풍처럼 몰아붙였다. 북벌군은 유주로 진격하여 연운16주의 탈환을 목전에 두었으나, 시영이 행군 중에 갑자기 병을 얻어 불가피하게 회군할 수밖에 없었다. 시영이 병상에서 끝내 사망하자, 그의 아들 시종훈이 일곱 살의 나이로 즉위했다. 이듬해인 960년, 장군 조광윤이 반란을 일으켜 시종훈에게서 양위받아 황제가 되면서 송나라, 즉 북송을 건국했다. 조광윤은 남쪽 지방을 차례차례 복속시키며 통일 왕조를 세워나가던 중, 돌연 쉰 살의 나이로 사망했다. 이때 조광윤의 동생 조광의가 권력을 찬탈하여 북송의 2대 황제인 태종의 시대를 열었다.

송나라 태종은 남쪽 정벌을 완수한 뒤 중원 왕조의 숙원 사업인 연운16주 탈환을 위한 행보에 나섰다. 태종은 직접 대군을 지휘하여 거란과 전쟁을 벌이며 북진하던 끝에 백마령(산서성의 북쪽)에서 거란군을 크게 무찔렀다. 그 기세로 몰아붙이면 거란군을 만리장성의 이북으로 쫓아낼 수 있었다. 하지만 이때 거란의 후방을 지휘하던 남원대왕 야율사진의 강력한 역습에 휘말려 고전하면서 뜻을 이루지 못했다.

일진일퇴를 거듭하던 송나라군은 거란군을 사하(沙河)에서 크게 꺾은 뒤 거란의 남경(지금의 북경)을 포위하기에 이르렀다. 남경의 책임자는 한족 관리인 한덕양이었다. 그는 성벽 위에 올라 성 안의 군사들을 독전하였다. 보름 동안 이어진 송나라의 치열한 공성전에 밀려 점점 버틸 힘을 잃어가던 무렵, 거란군 본대가 남경으로 밀려들어왔다. 송나라군은 일단 물러설 수밖에 없었다. 송나라군과 거란군은 고량하를 사이에 두고 대치하게 되었다.

이 무렵 거란에서는 목종의 뒤를 이어 경종 야율현이 즉위해 있었다. 그는 본래 몸이 약했다. 이즈음 경종의 비였던 예지황후 소작, 즉 승천황태후는 경종이 와병 중일 때 거란을 다스려 강력한 전제군주로서의 면모를 보였다. 지혜가 출중하다고 알려진 승천황태후는 뛰어난 젊은 장수인 소배압과 소손녕 형제, 야율사진, 야율휴가, 한덕양 등 걸출한 인재들을 발굴하여 거란을 비약적으로 발전시켜 나갔다.

고량하 전투에는 승천황태후가 발탁한 이십대의 젊은 장수 소배압이 참전했다. 그의 상관인 지휘관 야율휴가와 야율사진은 고량하 전투에서 화살에 맞고 창에 찔리면서도 송나라군을 좌우에서 협공했다. 이에 자극받은 소배압 또한 죽을힘을 다해 송나라의 10만 대군과 맞서 싸웠다. 처음에는 송나라군이 우세했지만, 지휘관들의 결사적인 항전 태세에 크게 고무된 거란군이 송나라 군대를 파죽지세로 격파해 나갔다. 결국 초반 우세를 지켜내지 못하고 막판에 심장부를 요격당한 송나라 태종 조광의는 나귀가 끄는 수레를 타고 홀로 도주하였고, 송나라의 대군은 고량하에서 궤멸되었다.

거란인은 어릴 때부터 말을 타고 사냥하는 유목민답게 전쟁이 나면 모두가 전사 집단으로 탈바꿈했다. 그들은 사람의 피를 즐겨 마시고 펄떡이는 심장과 간을 씹어먹었다. 또한 적의 눈알을 파내고 머리털을 뽑았으며, 얼굴 가죽을 벗기고 팔을 부러뜨려 죽였다. 송나라 사람들은 거란인의 곤발에도 두려움을 느꼈다. 곤발은 투구를 쓸 때 정수리 부근의 열을 식히기 위해 가운데 머리를 다 깎고 변두리 머리카락만 남기는 머리 모양이었다. 송나라인들이 보기에 기괴한 곤발은 호전적이고 포악한 거란인의 상징이자 공포의 대상이었다.

송나라와의 전쟁에서 크게 승리한 거란의 승천황태후는 야율사진과 소손녕에게 명하여 동쪽 정벌에 나서도록 했다. 이들은 발해 부흥 세력인 정안국을 멸망시키는 한편 호시탐탐 세력을 넓혀가던 여진족들을 복속시켰다. 야율사진과 소손녕은 동쪽 정벌을 통해 발해인과 여진족을 포함한 10만여 명의 포로와 더불어 말 20만 필을 끌고 갔다. 거란군은 도망치는 자들을 추격하기 위해 때때로 압록강을 넘어가기도 했다. .

"멈춰라! 너희는 거란 군사가 아니냐? 왜 우리의 국경을 넘어오는 것이냐?"

"우리 변경을 침범하여 노략질하는 여진족들을 잡아가

는 것일 뿐이다. 보다시피, 이렇게 군사를 되돌리고 있지 않으냐?"

국경을 지키는 고려 군사들이 창을 겨누며 공격할 태세를 취하자, 거란군은 도망치는 자들을 올가미로 잡고서는 쏜살같이 강을 건너가며 괴성을 질러댔다.

거란이 송나라를 제압한 뒤 더욱 강한 제국으로 발전해 나가는 동안 경종이 사망하고 그의 아들인 야율융서가 새로운 황제로 즉위했다. 훗날 성종이 되어 자기 시대를 연 야율융서는 당시 열두 살의 어린 나이였기에 승천황태후가 여전히 섭정을 계속하고 있었다.

고량하 전투에서 죽을 고비를 넘겼던 송나라 태종은 이를 기회라고 여겨 북벌을 결심했다. 그러고는 고려에 사신 한국화를 보내 지원 병력을 요청했다. 하지만 고려 성종은 거병하지 않았다. 당장 거란의 위협이 상존하지 않은 터에 공연히 긁어 부스름을 낼 까닭이 없다는 실리적 계산에 의해서였다. 다만, 송나라와의 우호적인 관계를 망칠 이유도 없었기에 한국화가 보는 앞에서 군대 소집 명령을 내리는 시늉만 했다.

물론, 거란이 이러한 움직임을 모를 리 없었다. 그들도 세작을 침투시켜 고려의 동태 파악을 하고 있었다. 송나라와의 일전을 앞둔 거란은 고려의 움직임에 신경이 곤두설 수밖에 없었다. 고려는 거란과 송 간의 전쟁에 휘말리고 싶지 않았기에 그 이상의 행동을 취하지 않았다. 마침내 거란과 송나라가 격돌했다. 결과는 송나라의 대패로 끝났다. 이후, 송나라의 북벌 의지는 꺾이고 말았다.

송과 거란이 고량하에서 전투를 벌였을 때 강감찬은 서른두 살이었다. 십대 때부터 이십대 초반까지는 전국을 주유하면서 백성들의 신산한 삶을 눈으로 보며 애민 의식을 키웠다. 이십대 중반부터는 서책을 벗 삼아 과거 공부를 새롭게 시작했다. 그 사이 중원 땅에서 송나라가 일어나고 북쪽에서 거란이 무서운 기세로 여러 나라를 집어삼키는 것을 목도하게 되었다. 송나라가 건국될 무렵, 만 열여덟 살의 서희가 문과에 급제했다. 사람들은 서희를 칭송하기 바빴다.

"과거제도를 시행한 지 2년 만에 빼어난 인재가 출현했다."

"스무 살도 안 되는 청년 문사가 나타났으니 나라의 큰 경사일세."

이 무렵, 열세 살이던 강감찬도 서희에 대해 알고 있었다. 주변 사람들이 서희에 대한 이야기를 하도 많이 해서 귀에 못이 박힐 정도였다. 서희는 문과에서 급제한 후 여러 벼슬에 올라 실무를 두루 익혔다. 마흔한 살이 되었을 때에는 외교관으로서 나라를 대표할 권한이 주어졌다. 고려의 제6대 황제인 성종은 서희를 북송에 파견하면서 각별히 당부하였다.

"경에게 특별한 임무를 부여하겠소. 거란의 감시와 견제 때문에 북송과 우리 고려의 관계는 단절된 상태이니, 아무쪼록 북송에 가서 두 나라 사이의 관계를 회복하고 오길 바라오."

"명심하겠나이다."

북송에 건너간 서희는 단박에 그곳 대신들의 마음을 사로잡았다. 그의 높은 학식, 시문에 능한 문장가로서의 면모, 상하 누구에게나 친절하고 예의를 지키는 기품 있는 태도에 매료되는 사람이 많았다. 송 태조는 서희에게서

풍겨 나오는 인품의 그윽함을 높이 사서 그에게 정3품의 검교(檢校) 병부상서 벼슬을 내렸다.

강감찬은 어릴 적부터 서희의 출중함에 대해 많이 들었던 터여서 그에 대한 호기심이 있었다. 사춘기에는 서희에 대해 부러움을 느꼈다. 청년기에는 서희를 닮고 싶은 선비로, 배우고 싶은 선배의 모습으로 여기면서 그를 존경하게 되었다.

마음속으로 선망하는 사람이 있다는 것은 매우 좋은 일이었다. 강감찬은 서희가 귀국하여 외교와 민생을 아우르는 관리로서 뜻을 펼 때, 그를 찾아가 인사를 드린 적이 있었다. 그의 성격은 온유했다. 그러나 한번 입을 열면 국제정세를 훤히 읽는 식견을 막힘없이 펼치는 달변가로서의 면모도 갖추고 있었다. 서희는 강감찬의 손을 맞잡고 말했다.

"자네가 그 유명한, 큰 별의 기운을 타고 태어난 사람이라는 걸 나도 일찍이 알고 있었다네. 중국의 사신이 말했다시피 문곡성의 기운을 지닌 사람은 학식과 지혜가 뛰어나다고 하니, 앞으로 고려에 꼭 필요한 기둥이 되어 주게.

우리 조정 대신들도 자네에 대한 자못 기대가 크다네. 자네가 빨리 과거에 급제해 나라를 위한 길에 나서 주길 바라고 있다네."

"과찬이십니다. 중국에서 어떤 점을 보고 오셨는지 여쭈어 봐도 될는지요?"

"좋은 질문이로군. 중국에 가서 보니, 송나라는 학문을 중요시하는 문치주의가 온 나라를 떠받치고 있더군. 그러나 무관을 억압하고 문관을 우대하다 보니 국방력이 약해져서 거란과의 싸움에서 번번이 패하는 등 문약한 나라가 되었네. 송나라는 앞으로도 거란의 막강한 군사력 앞에서 더욱 휘청일 것일세. 우리와 친밀한 관계를 형성한 송나라가 무너지면 고려도 무사하지 못할 거야. 거란은 서북쪽의 세력을 말발굽으로 짓밟고 발해마저 멸망시킨 강국 아닌가? 머지않아 고려를 집어삼키기 위해 거란이 압록강을 넘어 쳐들어올지도 모르네. 그때, 자네 같은 지혜로운 이가 반드시 고려를 위해 싸워주게."

"알겠습니다."

강감찬은 그 후, 더욱 학문에 전념하다가 늦은 나이인

서른여섯 살 때 문과에 장원급제했다. 초야에 묻혀 있던 선비가 이제야말로 국가를 위해 봉사할 때가 된 것이다. 과거에서 당당히 1등을 차지한 그였지만, 관운은 그다지 좋지 않았다. 대부분의 경우처럼 그도 하급 관리부터 시작했다. 승진은 더딘 데다가 하위직을 전전하느라 나라의 중대사에 참여할 기회조차 없었다. 그러나 그는 유학을 공부하던 시절 아버지에게서 들었던 말을 위안 삼아 없던 힘을 쥐어짜곤 하였다.

"무릇 나라를 위하는 길에 나설 때는 공명심과 명예욕을 버려야 한다. 마치 부모를 공양하듯이 지극한 정성을 수반하지 않고서는 나라를 일으키는 일에 동참할 수 없느니라. 하물며, 국가의 존재가 위협받는 절체절명의 순간에는 목숨마저 초개처럼 버릴 기개가 있어야 한다. 이 애비는 태조 폐하와 함께 숱한 전장을 누비면서 하루에도 생과 사의 경계를 몇 번씩 넘나들었단다. 네가 비록 지금은 서책을 파고들며 선비의 길을 가고 있다만, 나중에 조정의 벼슬아치가 되어 충심으로 일하다 보면 언제든 네가 손에 장검을 들고 거친 들판으로 말달려 나아갈 때가

다가올지 모른다. 문관이 군대의 지휘관으로서 장병들을 이끌고 적들을 물리친 사례가 허다하지 않으냐? 고구려의 강이식 장군이나 을지문덕 장군이 바로 그런 경우라고 할 수 있구나. 항상 작은 일에서부터 맡은 일을 충실히 이행해야만 할 것이다. 그 일이 차곡차곡 쌓이다 보면 훗날 커다란 책임을 두 어깨에 떠안는 자리에 가 있겠지. 커다란 책임과 권한을 짊어진 바로 그때에는 나라의 명운을 걸고 최상의 결단을 내려야 한다. 그리고 결단을 내린 이상 결사적으로 싸워야 할 것이다."

거란 소손녕의 1차 침략

    강감찬이 장원급제하여 벼슬길에 오른 지 8년 만인 991년, 고려의 국경에서 심상치 않은 움직임이 포착됐다. 거란의 장군 소손녕이 압록강 부근의 내원성을 점거하는 일이 생긴 것이다. 압록강에는 위화도, 신도, 검동도, 동유초도, 유초도 등 여러 섬이 있었다. 그중에서도 하류의 검동도에는 고구려시대에 만들어진 내원성이 있었는데, 거란이 검동도의 내원성을 무단 점령하는 사태가 벌어진 것이다. 강 하류의 특성상 유속이 느렸기에 거란군이 강을 건너기 좋은 중요한 지점이었다.

    거란은 의주 인근에 있는 이 성곽을 점령해 군사를 배

치함으로써 이 지역의 통제권을 확장해 나갔다. 나아가 고려의 북방 개척을 억제하는 한편 여진족이 송나라와 교역하는 것을 막았다. 고려에 먹구름이 드리워지는 순간이었다.

그로부터 2년 후인 993년 여름, 여진족을 통해 거란이 곧 침공할 것이라는 첩보가 들어왔다. 고려 황실에서는 5월의 첫 번째 첩보를 그다지 신뢰하지 않았으나 8월 들어 받은 두 번째 첩보에 대해서는 긴장하지 않을 수 없었다.

드디어 10월이 되자 거란군이 동경성을 출발해 고려를 향해 진군하기 시작했다. 고려는 즉각 대처에 나섰다. 성종 황제의 주재로 만월대의 전각에서 긴급회의가 열렸다. 문하시중(종1품) 박양유, 내사시랑(정2품) 서희, 문하시랑(정2품) 최량 등 대신들이 입조하여 머리를 맞대고 숙의를 했다. 전쟁이 임박했으니 전군을 동원하여 거란과 맞서 싸워야 한다는 결론이 내려졌다. 마침내 황제가 명을 내렸다.

"지금 즉시 온 나라에 군마제정사를 보내 군사들을 끌어모으라! 적이 국경을 침입하였다 하니 철통같이 방어

해야 한다. 시중 박양유를 상군사로 임명한다. 내사시랑 서희는 중군사로, 문하시랑 최량은 하군사로서 상군사를 보좌하라. 짐도 적을 막기 위해 전선으로 나아가겠다!"

불과 얼마 전까지만 해도 병관어사로서 국방을 책임지던 서희는 내사시랑 직위에서 중군사로 임명되니, 적을 눈앞에 둔 시점에서 두 어깨가 더욱 무거워졌다. 그날 밤, 서희는 강감찬을 따로 불러 한 가지 직분을 맡겼다.

"내일 출정할 때 자네를 데리고 가려 하네. 중군 내에서 벌어지는 일을 기록하는 사무관이 필요한데, 자네가 떠오르더군."

"저에게 소임을 주시니 감읍할 따름입니다. 견마지로를 다하겠습니다."

"예부시랑인 자네에게 썩 어울리는 자리는 아니겠지만 시국이 시국이니만큼 나를 좀 도와주게. 군령장을 쓰는 일, 폐하게 보고서를 올리는 일 등등 자네가 나를 거들어 줄 일이 많을 듯싶으이."

"나라가 전란에 휩싸이는데 벼슬의 높고 낮음이 무슨 대수겠습니까? 군영 막사를 지키는 일이라도 기꺼이 거들겠습니다. "

"그 패기가 마음에 드는군. 좋아! 내일 폐하를 모시고 함께 출정하도록 하세."

"알겠습니다."

다음 날, 금빛 갑옷을 입은 성종이 장수들을 거느리고 안북부로 직접 출정했다. 서희도 부하 장병들을 이끌고 최전선인 안북부로 나아갔다. 성종이 황실 친위대를 거느리고 진을 칠 때 서희도 군사들과 함께 주둔지에서 숙영을 준비했다. 막사 앞에 켜놓은 횃불들이 밤하늘을 환하게 밝히고 있었다. 저녁참을 먹은 뒤, 중군사가 휘하 장수들을 막사 안으로 불러들여 회의를 진행했다.

"우리는 지금 당대 최고의 군사력을 자랑하는 거란군과 맞서고 있다. 소손녕은 모두가 아는 용맹한 장수다. 믿기지 않지만, 그는 80만 대군을 거느리고 왔다며 큰소리를 치고 있다. 우리 고려군은 그에 비하면 수가 적다. 하지만 우리 고려군도 거란군의 침략에 대비해 뼈를 깎는 훈련을 거듭해온 정예 병력이다. 결코 물러서지 말고 죽기를 각오하고 싸워야 한다. 알겠는가?"

중군사는 평소의 온화한 기품과는 달리 강인한 눈빛으로 장수들을 바라보며 말했다.

"예! 알겠습니다!"

장수들이 우렁차게 답했다. 일렁이는 불빛이 비장한 결의를 다지는 중군사와 장수들의 얼굴을 비추어 주었다. 자신의 군막으로 돌아온 강감찬은 출정식 때부터의 일들을 남김없이 기록했다.

압록강을 넘어온 소손녕은 봉산군에 주둔하고 있다가, 대령강을 넘어 봉산군까지 진격한 급사중 윤서안의 선봉대를 크게 격파했다. 선봉장 윤서안은 거란의 포로가 되었다. 이 싸움에서 이긴 자신감으로 사기가 오른 소손녕은 고려군을 자극하는 말들을 쏟아냈다.

"우리는 발해를 멸망시키고 정안국을 무찔렀다. 송나라도 우리에게 무릎을 꿇었고 여진족도 우리 발 앞에 엎드렸다. 그런데 무엄하게도 고려가 송나라와 통교를 하니 이를 도저히 묵과할 수 없다. 나 소손녕은 80만 대군을 일으켜 여기까지 왔으니 고려 왕은 속히 나아와 항복하라! 그리고 너희가 차지하고 있는 고구려의 옛 땅을 우리에게 넘겨라!"

윤서안의 선봉대가 무너지자 성종은 일단 서경으로 군사를 물린 뒤 추이를 지켜보기로 했다. 황제의 친위대와 함께 서경으로 돌아오던 중, 중군사 서희가 뒤쪽에 말을 타고 따라오던 강감찬을 불렀다. 그리고 혼잣말처럼 말했다.

"이상하지 않나?"

강감찬의 의견을 구하는 듯한 어조였다.

"무엇이 이상하단 말씀입니까?"

나란히 말을 타고 앞만 보며 가던 강감찬이 물었다.

"소손녕은 우리 선봉대를 격파하고도 왜 남하하지 않지?"

"제 소견으로는…….'

"말해 보게."

"소손녕이 고려 땅으로 진격하는 것을 두려워하는 듯합니다."

"그건 왜인가?"

"우선, 지금이 음력 10월이니 강이 아직 얼어붙기 전입니다."

"그래서?"

"거란의 기병은 용맹하나 고려의 강물을 건너는 것을 꺼리는 것이 분명합니다. 그리고……."

"그리고?"

"중군사께서도 이미 짐작하고 계시겠지만, 소손녕의 군대는 결코 80만의 대군이 아닐 것으로 사료됩니다."

"내 생각도 그러하네만. 그 이유는?"

"거란의 군 지휘 체계상 도통 정도가 되면 최소 15만 이상의 병력을 움직일 수 있겠지만, 도통이 아닌 자는 그 정도 병력을 거느리지 못합니다."

"계속하게."

"소손녕은 거란주 경종의 막내딸인 월국공주와 혼인한 부마도위로서 동경유수의 지위를 부여받았지만, 그가 거느릴 수 있는 군대의 수는 많게 잡아도 기병 6만에 지나지 않습니다."

"나도 그렇게 알고 있다네. 다만, 그자가 하도 큰소리를 쳐놔서 긴가민가하고 있었다네."

"물론, 6만이라 할지라도 일단 봉산군을 접수했으니 곧 서경으로 진격해야 마땅합니다. 그런데 진격 대신 겁박만 하고 있으니, 아마도 그자의 머릿속에는 처음부터 다른 꿍꿍이가 있는 듯합니다."

"흠, 나도 80만 대군은 분명 아닐 거라고 처음부터 믿고 있었다네. 다른 속셈이 있을 거라고 짐작도 했지. 자네의 부친께서 고려의 개국공신이시라 그런지, 자네는 병법에도 조예가 있는 듯하구먼."

"과찬이십니다. 어려서부터 아버지에게서 전쟁터의 경험담을 하도 많이 듣다 보니, 들은 풍월로 말씀 올리는 것뿐입니다."

"아닐세. 지나친 겸양이야. 그래, 소손녕의 꿍꿍이가 무엇일 것 같은가?"

"이것 역시 중군사께서 이미 짐작하고 계실 거라 믿습니다만."

"수수께끼인가?"

"소손녕 그자가 출병한 것은 전쟁보다는 위협에 목적을 두지 않았나 생각합니다. 거란은 송나라를 정복하는

데 혈안이 되어 있습니다. 송을 치기 전에 후방의 안전부터 도모하기 위해 고려의 발을 묶어두려는 심산이라 생각합니다."

"동감일세. 덧붙일 말은 없나?"

"또 있습니다. 이번 원정의 목적은 장차 고려를 정복하기 위한 교두보 확보에 있을 듯싶습니다."

"교두보?"

"고려의 알토란 같은 땅을 빼앗기 위한 엄포라고 생각합니다. 석경당에게서 연운16주를 얻은 뒤, 거란은 괄목할 만큼 거대한 제국으로 성장했습니다. 반면 그 땅을 빼앗긴 중국은 전혀 힘을 쓸 수 없었던 것을 보면 알 수 있습니다. 우리 고려의 북쪽 땅은 중국의 연운16주에 비견될 만큼 매우 중요한 곳입니다."

"좋은 지적일세."

"그곳을 거란 놈들에게 내준다면 언제라도 그들이 기침만 하면 고려는 무너지게 되어 있습니다."

"이 사람 강감찬!"

"말씀하십시오."

서희가 갑자기 큰 소리로 말하자 강감찬은 눈을 동그랗게 뜨고 쳐다보았다.

"어쩌면 자네 생각이 나와 그리 똑같은가? 헛헛."

"좁은 소견에 지나지 않습니다."

"그런데, 좀 걱정되는군. 봉산군을 지키던 급사중의 선봉대가 무너진 뒤 우리 군사들이 후방으로 철수하게 되니, 서경에서 벌어질 어전회의가 어떻게 전개될지 불을 보듯 뻔하다네."

"혹여 비겁한 발언들이 쏟아져 나오더라도 중군사께서 꼭 막아주십시오."

"그래야지. 우리 땅의 한 뼘도 적에게 내줄 수는 없으니 말일세."

"천지신명께 두 손 모아 빌고 또 빌겠습니다."

"아 참, 자네는 중군의 일을 기록하는 사무관이지만, 앞으로는 내 곁에서 참모 노릇을 해주게."

"명을 받들겠습니다."

"좋아! 가 보세. 이럇!"

할지론과 항복론 사이에서

　　황제가 서경으로 들어오자 대소 신료들도 함께 와서 비상 시국회의를 열었다. 여기저기서 신하들이 한마디씩 했다.

　　"폐하! 고려의 선봉장이 패했으니, 거란의 요구대로 북쪽 땅 일부를 떼어주어야 하옵니다."

　　"땅이 문제가 아니라, 지금 당장 항복해야 하옵니다. 거란은 누구도 막지 못할 기병을 가진 나라이옵니다. 만약 항복하지 않고 끝까지 항전한다면 고려의 강토는 저들의 말발굽에 처참히 짓밟힐 것이옵니다. 통촉하여 주시옵소서."

대소 신료들 중에서 어떤 이는 할지론을, 또 어떤 이는 항복론을 주장하며 거듭 허리를 굽히며 읍소했다. 보다 못한 서희가 황제 앞으로 한 발짝 나아가 굳센 표정으로 아뢰었다.

"폐하! 소신이 북쪽으로 나아가 봉산군을 되찾겠사옵니다. 소손녕은 80만 대군을 끌고 왔다지만, 그것은 터무니없는 허풍에 지나지 않사옵니다. 소손녕은 지방 행정관인 동경유수에 불과하므로 고작 6만의 군사를 끌고 왔을 것이옵니다. 그리고 비록 우리 고려의 군사가 적지만, 태조 폐하 때부터 지금껏 조련을 거듭한 까닭에 정예부대로 성장했사옵니다. 적의 약점을 파악하기만 한다면 한판 승부를 겨뤄볼 만하옵니다."

"좋소. 경이 군사를 몰고 나아가되, 소손녕의 진심이 무엇인지 파악하도록 하시오."

서희의 말이 그럴듯하다고 여긴 성종이 최종적으로 명을 내렸다. 할지론과 항복론을 내세우던 신하들의 목소리가 잠잠해졌다.

서희는 그 길로 군사를 이끌고 봉산군 쪽으로 나아갔

다. 막사를 짓고 군영을 설치하면서 적정을 살폈다. 봉산군을 접수했으면 응당 공격의 고삐를 당겨야 할 터인데, 거란의 움직임은 의외로 조용한 편이었다. 그 사이에 소손녕의 편지가 서희의 진영에 전달되었다. 하루빨리 항복하라는 협박 내용이 적혀 있었다. 서희는 소손녕이 전쟁보다는 다른 속셈이 있다고 간파했다. 즉시 안북부로 되돌아와 황제에게 서찰을 올렸다.

"폐하! 소손녕은 전쟁에 뜻이 없는 듯하옵니다. 속히 사신을 보내 화친을 요청하도록 하옵소서."

편지를 받은 성종은 감찰사헌 이몽전에게 명을 내렸다.

"그대는 거란 진영으로 가서 강화를 요청하도록 하라."

"예, 폐하!"

이몽전이 거란 진영을 향해 말을 달릴 때, 또 한 통의 편지가 서희에게 전달되었다. 소손녕이 보낸 것이었다. 편지의 내용은 지난번의 것과 비슷했다.

"우리가 80만 대군을 끌고 고려를 치러 왔으니 고려 임금과 신하들은 지금 당장 거란의 군영으로 와서 항복하라!"

이 편지가 서희의 진영에 도착한 뒤에 이몽전이 소손녕의 막사에 도착했다. 이몽전이 소손녕에게 침략한 이유를 묻자, 소손녕은 서희에게 보낸 편지의 내용과 비슷한 말을 되풀이했다. 이몽전이 강화를 요청하자, 소손녕은 먼저 고려가 항복해야만 강화를 할 수 있다는 조건을 붙였다. 별 소득 없이 서경으로 되돌아온 이몽전이 어전에서 보고를 올렸다. 성종은 보고 내용을 토대로 또다시 어전회의를 했다. 이 회의에서 대신들은 지난번과 비슷한 할지론과 항복론을 들먹였다. 어전의 분위기는 침통했고 소란스러웠다.

"항복해야만 하옵니다. 소손녕의 80만 대군을 무슨 수로 막을 수 있겠나이까?"

"서북의 땅을 거란에 내주시옵소서. 그래야만 고려에 평화가 찾아올 수 있나이다. 우리 고려는 자비령을 국경선으로 삼고 저들을 물리되, 나중에 형편이 좋아졌을 때 그 땅을 도로 찾아오면 되옵니다."

성종은 신하들의 무기력한 모습에 절망했다. 정예병으로 구성된 윤서안의 선봉대가 거란군에게 무참히 패배한 것이 무엇보다도 뼈아팠다. 아직까지는 대령강과 청천강이 얼어붙지 않아서 적의 기병들이 강을 건너는 것이 힘들겠지만, 음력 11월이 되면 강이 얼게 될 것이다. 그때가 되면 거란은 날랜 기병을 앞세워 순식간에 고려 땅 깊숙이 남하할 것이었다. 성종은 신하들의 말대로 자비령을 최후의 보루로 삼고 서경성 이북의 땅을 거란에 넘겨주기로 결정했다.

안북부로 돌아가 그곳을 지키고 있던 서희는 조정의 회의 결과가 어떻게 진행되었는지 알지 못했다. 하지만 서경에서 온 전령으로부터 결과를 전해 듣고 눈앞이 아득해졌다.

'이럴 수가! 폐하께서 적에게 영토를 내주는 결단을 내리시다니……'

결국 여태 강단 있게 소신을 지키던 군주가 할지론을 펴던 자들의 손을 들어준 셈이어서 충격이 컸다. 성종은 국경 부근의 영토 일부를 거란에 넘기기로 결정한 뒤 백성들에게 서경성을 비우라는 명을 내린 상태였다. 이 명령은 모든 고려군에게 전달되었다. 당장 서경성 내의 군량미를 백성들에게 나눠주기 시작했다. 거란군이 서경성을 점령했을 때를 대비해 남은 군량미는 대동강으로 내던지라는 명이 떨어졌다. 군사들이 던진 군량미가 대동강으로 가라앉는 사태가 벌어졌다.

"폐하께서는 우리 고려군의 방어선을 자비령으로 후퇴시킬 것과 중군사께서 속히 자비령으로 가서 그곳을 방어할 것을 명하셨습니다."

전령이 전달할 말을 마치고 돌아간 뒤, 서희는 서둘러 군대를 이끌고 이동했다. 군대가 자비령에 이를 즈음, 중군사가 명령을 내렸다.

"전군은 들으라! 내가 돌아올 때까지 이곳 자비령을 철통같이 방어하라!

"예!"

수천의 군마가 자비령에 주둔할 때, 서희는 강감찬 등 수하 몇 사람만 데리고 서경으로 향했다. 때마침 어전에서는 황제의 주재로 회의가 열리고 있었다. 자비령을 어떻게 방어할 것인지에 대한 의견이 분분했다.

"폐하!"

"오, 중군사! 어서 오시오. 그러지 않아도 자비령 방어에 대한 계책을 논의 중이었소."

성종이 근심 어린 표정 속에 반가움을 담아 어서 오라고 손짓했다. 서희가 예를 표한 뒤 상기된 얼굴로 아뢰었다.

"우리 영토를 적에게 내주고 자비령에서 방어하라고 명하시니 억장이 무너지옵니다. 더구나, 전쟁 중에 군량미를 강물에 버리는 것은 결코 있을 수 없는 일이옵니다!"

"경에게 무슨 좋은 수라도 있소?"

"서경성에 군량미가 하나도 없다면 어찌 성을 지켜낼수 있겠사옵니까? 적들은 아직 최전선에서 한 발짝도 움직이지 않나이다. 선봉대가 패했지만 우리 고려의 본진은 아직 건재하며, 지금 당장이라도 결전을 치를 각오를 다지고 있사옵니다. 소중한 곡식을 대동강물에 버리면 백성들은 어찌 살 수 있겠나이까? 지금 당장 곡식 버리는 일을 거두어 주시옵소서."

"어찌해야 하겠소?"

"거란의 동경에서 고려의 안북부까지 수백 리 땅을 생

여진(生女眞)이 점거하여 살고 있었사온데, 광종 폐하께서 그 땅을 회수해 가주, 송성 등의 성을 쌓았습니다. 지금 소손녕이 침략한 것은 그 두 성을 차지할 욕심 때문이옵니다."

"그렇다면 그 두 곳만 떼어주면 되겠소?"

"천부당만부당한 말씀이옵니다. 소손녕은 고구려 옛 땅을 핑계로 고려를 위협하려는 수작을 부리고 있는 것이옵니다. 결코 우리 영토를 조금이라도 내주어서는 아니 되옵니다."

"저들은 수십만 대군을 이끌고 왔다는데, 과연 고려의 적은 병력으로 그들을 막아낼 수 있겠소?"

"폐하, 지난번에도 아뢰었다시피, 소손녕은 지금 허풍을 떨고 있나이다. 거란의 요구대로 영토를 하나씩 떼어주다가는 이 나라 강토 전체를 달라고 할 것이옵니다. 청컨대, 폐하께서는 서경을 비우라는 명과 군량미를 버리라는 명을 속히 거두어 주시옵소서. 신이 장수들과 더불어 소손녕의 부대와 싸울 터이니, 모든 문제는 그 후에 논의해도 늦지 않사옵니다."

성종은 서희의 말을 주의 깊게 듣고는 용상을 박차고 일어났다.

"좋소! 내 경의 말에 따를 테니, 전선으로 나아가 적을 물리치시오."

"신명을 바치겠나이다."

성종은 어전의 신료들에게 새로운 명을 내렸다.

"여봐라! 서경을 비우는 일을 중지하라! 군량미를 강물에 버리는 일도 즉시 그만두도록 하라!"

"아뢰옵기 황송하오나, 폐하께서 여기 계시면 위험하오니 부디 한시바삐 개경으로 환궁하시옵소서."

서희가 간절한 어조로 말했다.

"아니오. 장수들이 목숨을 내놓고 싸우는 마당에 어찌 마음 편히 궁성에 들어앉아 있겠소? 짐은 서경에 남아 고려군을 응원할 것이오. 내 걱정은 하지 마시고 어서 떠나시오."

"예, 폐하!"

3장

안융진 전투

　서희는 그 길로 안북부를 지나 대령강 오른쪽의 태주 근처까지 나아가 주둔했다. 그날 오후, 서희가 참모진을 불러 작전회의를 했다.

　"소손녕의 본대는 지금 대령강 건너편에서 야영하고 있다. 그런데, 봉산군을 점령한 뒤 이렇다 할 움직임이 없다는 게 좀 이상하구나."

　"중군사님 말씀처럼 거란군은 대령강을 사이에 두고 우리와 대치하고 있습니다. 조만간에 거란군이 모종의 도발을 할지도 모릅니다."

　강감찬이 조심스럽게 운을 떼자 모두의 시선이 그를 향

했다.

"그렇게 생각하는 까닭은 무엇인가?"

서희가 물었다.

"며칠 전만 해도 폐하께서 서경을 비우고 국경 지역의 영토 일부를 거란에 떼어줄 뻔했습니다. 그것을 거란도 눈치채고 있었을 것입니다. 한데, 그 결정이 번복됐으니 소손녕은 그 불만을 터뜨리고 싶어 하지 않겠습니까?"

"그럴 듯한 추론이로군. 그렇다면 거란의 다음 목표는 어디일 것 같은가?"

"서경이 될 것 같습니다."

코가 뭉툭한 참모가 말했다.

"서경을 바로 치기보다는 봉산군 밑에 있는 가주로 진격할 공산이 큽니다."

얼굴이 너부데데한 참모가 고개를 가로저으며 의견을 내세웠다.

"제 생각에는."

강감찬이 탁자 위에 놓인 지도의 한 지점을 가리키며 입을 열었다. 서희가 계속하라는 눈짓을 보냈다.

"아마도 이곳을 급습하지 않을까 싶습니다."

강감찬이 가리킨 곳은 대령강과 청천강이 만나는 지점이었다.

"그곳은 안융진이 아닌가?"

서희가 강감찬을 쳐다보며 물었다.

"예. 고려가 서경을 비우려다가 지키는 쪽으로 형세가 급변하니, 저들도 지금 혼란스러울 것입니다. 이 때문에 곧바로 서경으로 진격하는 것은 모험에 가깝지요. 봉산군 바로 아래에 있는 가주를 칠 가능성도 있지만, 그것이 고려 황실에 충격을 주지는 못할 것입니다."

"의외의 지점을 공격해 우리를 당황스럽게 만든다?"

"그렇습니다."

"거란이 만약 안융진을 친다면 방어 대책은 무엇인가?"

"예. 지금 우리 중군 진영의 부근에는 태주가 있고, 대령강을 따라 내려가면 박주가 있습니다. 대령강과 청천강이 만나는 지점에는 안융진이 있고, 그 오른쪽 옆에는 안북부, 그 위쪽으로는 청천강을 감싸듯이 안수진과 연주가 있습니다. 만약, 안융진이 공격을 받는다 해도 곳곳에 포진한 아군의 지원을 받을 수도 있을 것입니다."

"사전에 저들의 움직임을 포착하고 대비하는 방법은 없겠나?"

"쉽지는 않지만, 적이 급습할 것을 미리 대비만 한다면 승산이 있습니다. 지금 안융진에는 두 명의 영웅이 있습니다."

"오, 발해 태자 대광현의 후손인 중랑장 대도수 장군, 그리고 고려 건국에 혁혁한 전공을 세운 유금필의 후손인 낭장 유방 말인가?"

"그렇습니다. 두 장군이 안융진을 지키고 있으니 든든한 일입니다."

"그건 그렇지만, 거란의 급습에 대비할 만한 묘수가 있어야 할 텐데."

서희는 묘안을 찾는 눈빛으로 강감찬을 지그시 쳐다보았다. 강감찬은 탁자 위에 두 손을 모으며 말했다.

"특별한 묘수랄 것까지는 없지만, 안융진에 편지를 보내면 좋을 듯합니다."

"어떤 편지?"

"대령강과 청천강 부근에 매일 척후병을 보내어 적들의 동태를 감시하라는 내용을 적은 편지가 되겠습니다."

"그것은 이미 두 장군의 지시하에 이루어지고 있을 걸세."

"물론 그렇겠지요. 하지만 지금은 폭풍 전야와 같으니, 더욱 민감하게 눈과 귀를 열어 두어야 할 때입니다. 척후병을 전보다 더 많이 배치하고, 필요에 따라 요소요소에 매복병을 배치해 두면 유사시에 효과를 발휘할 것입니다."

"좋은 생각일세."

"여우 같은 소손녕은 말발굽에 헝겊을 씌우고 병사들에게 나뭇가지를 물게 한 뒤 빠르고 조용히 급습할 것입니다. 그렇지만 수백 수천의 기마병이 일으키는 흙먼지를 감쪽같이 없애지는 못할 것입니다. 또한, 강변을 따라 적들이 진격할 때 갑작스레 새 떼가 하늘로 날아오르는 것조차 막을 수는 없습니다. 적들이 제아무리 신출귀몰하다 해도, 자연 현상마저 감출 수는 없을 테니까요."

"올커니!"

"그처럼 미세한 적들의 움직임을 감지한 뒤 우는 화살로 아군에 신호를 보내면서 신속히 방어 태세를 갖춘다면 능히 막아낼 것입니다."

"그래, 좋은 생각일세. 어서 빨리 안융진에 서찰을 보내게."

"예, 중군사!"

서희의 명을 받은 강감찬은 자신의 막사에 돌아와 붓을 들었다.

"대도수 장군! 우리 폐하께서 서경을 비우지 않기로 결정하신 것을 이미 알고 계시리라 믿습니다. 어전회의에서, 고려의 모든 군사에게 거란군과 맞서 싸우라는 폐하의 명이 떨어졌습니다. 이에 따라 오늘 중군사께서 참모들과 함께 작전회의를 하던 중 다음과 같은 논의를 했습니다. 봉산군을 접수한 소손녕이 곧바로 남하하지 못하는 데는 다른 뜻이 있어서일 것이라는 게 좌중의 공통된 생각이었습니다. 그자는 말끝마다 80만 대군을 끌고 왔다고 하지만 이는 터무니없는 과장입니다. 그의 지위에 따른 권한은 6만 명 정도의 기병을 거느리는 게 고작입니다. 그자는 우리 고려가 다시금 전열을 가다듬어 결전하고자 하는 움직임을 감지하고는 몹시 초조해졌을 것입니다. 그자는 고려와 격렬한 전쟁을 치르려 하지 않는다는 인상을 받았습니다. 그 대신 흉포한 기마병을 앞세워 고려를 초토화하겠다는 엄포만 늘어놓고 있습니다. 그는 우리에게 항복을 요구하고 있지만, 실제로는 우리의 북쪽 땅을 노리는 듯합니다. 그 목적을 이루기 위해 그는 머지않아 무력 도발을 할 것입니다. 중군사의 주재로 열린 오늘 작전회의에서는, 그들의 도발 목표가 어쩌면 안융진이 될 가능성이 높다는 결론이 내려졌습니다. 안융진을 점령한다면 수백 리 지척에 있는 서경을 넘볼 수 있기 때문입니다. 이 예측이 맞다면, 그들은 당장 며칠 내에 기습 공격을 할 것입니다. 대도수 장군께서는 이에 대비하여 대령강 주변에 척후병을 촘촘히 배치하여 주시기를 요청합니다. 또한, 길목마다 매복병을 숨겨 놓아 적의 후미와 측면을 공격해 대열을 흩어놓으면 승기를 쉽게 잡을 수 있을 것입니다. 장군을 비롯하여 여러 장수의 무운을 빕니다."

이튿날, 여명이 트기 전에 출발한 전령이 강감찬의 서찰을 안융진에 전달했다. 대도수는 서찰을 찬찬히 읽은 뒤, 곧바로 회의를 소집하여 휘하 장수들에게 명령했다.

"당장 척후병의 수를 두 배로 늘려라! 그리고 대령강 곳곳에 매복병과 궁수들을 배치하여 적의 기습에 철저히 대비하라!"

"알겠습니다!"

안융진은 긴장감이 감도는 가운데 철통같은 방어 태세를 구축하기 시작했다. 이 무렵, 소손녕은 고민에 빠졌다. 얼마 전, 강화회담을 하러 온 이몽전을 돌려보냈지만 여러 날이 지나도록 고려 조정에서는 아무런 움직임도 없었다.

'이대로 서경을 향해 남하할 것인가? 아니면 더 관망하며 으름장을 놓을 것인가?'

드넓은 들판만을 치달아왔던 그로서는 고려의 험준한 산과 계곡이 낯설었다. 또한, 유장하게 흐르는 강물이 곳곳마다 도사리고 있어서 섣불리 진격을 감행하기도 어려웠다. 고구려와 비슷한 웅장한 성곽이 길목마다 버티고 있는 것도 기병 위주의 전술을 펴기 힘들게 하는 장애물이었다. 그렇다고 이대로 손 놓고 있을 수도 없었다.

이번 출정은 고려를 협박하는 게 일차 목표였다. 고려가 순순히 항복한다면 가장 좋은 수가 될 터였다. 만약 겁에 질려 영토를 내놓겠다고 한다면 못 이기는 척하고 강동육주를 빼앗는 게 최선이었다. 봉산군을 점령한 것으로는 만족할 수 없었다. 다른 위협을 가해야 할 때였다.

소손녕은 군막에서 작전회의를 했다.

"얼마 전, 고려 왕이 서경을 비우려 한다는 첩보가 들어왔다. 대동강에 군량미를 버리는 일까지 있었다. 우리 대 거란군의 위용을 보고 주눅이 든 고려 왕은 백성들에게 군량미를 나눠주었고, 그 길로 서경을 떠나는 피난민도 있었다. 하지만 그 뒤로 고려 왕이 서경을 지키려 한다는 첩보가 새로 들어왔다. 서경에 머물던 고려의 중군사인 서희는 고려군을 이끌고 북상하여 대령강 건너편의 태주 쪽에 주둔해 있다. 지금 우리 거란군은 봉산군에 자리 잡고 있다. 겁쟁이 고려군에게 우리 거란군의 매서운 맛을 보여야 할 때이다. 지금부터 새로운 작전명령을 내리겠다. 사흘 후, 안융진을 칠 것이다! 대령강 쪽으로 최대한 바짝 붙어서 빠르게 기동하여 안융진을 공격할 것이다. 알겠느냐?"

"옛!"

부하들이 큰소리로 대답했다. 소손녕은 거란의 본진을 봉산군에 그대로 두고, 기병 5천을 따로 떼어 안융진을 급습하도록 했다. 고려 본진과의 접전을 피하며, 상대가 전혀 예측하지 못한 곳을 기습하는 것이 이번 작전의 목표였다. 사흘 후, 거란의 기병이 움직였다. 5천의 군마가 바람처럼 빠르게 안융진으로 쳐들어갔다.

과연 강감찬의 예상이 적중했다. 거란의 기습 작전이 전개되었다. 멀리서부터 흙먼지가 뽀얗게 피어올랐다. 어디선가 강변의 새 떼들이 푸드득거리며 날아올랐다. 그때, 대령강 풀숲에 몸을 숨기고 있던 척후병이 적들의 움직임을 포착했다. 척후병들이 몇 마장 밖에서부터 하늘 높이 효시를 쏘아 올렸다. 일정한 간격을 두고 연달아 효시가 날아오르는 것과 동시에, 대령강 길목마다 지키고 있던 매복병들이 매의 눈으로 적의 움직임을 살피고 있었다. 거란군 별동대가 사정거리에 들어오자 고려군 장수가 명령을 내렸다.

"쏴라!"

안융진에서 가려 뽑은 수백 명의 궁수가 일제히 활을 쏘았다. 활시위를 벗어난 화살이 하늘을 새까맣게 뒤덮었다. 수많은 화살이 거란군의 가슴과 등, 팔과 다리에 푹푹 꽂혔다. 제1열이 뒤로 물러서면 제2열이 앞으로 나와 두 번째 화살을 쏘았다. 수백 개의 화살이 연거푸 적들을 향해 날아갔다. 화살이 바람을 가르며 날아갈 때마다 사방에서 비명이 난무했다. 예기치 않은 곳에서 허를 찔린 적들이 갈팡질팡하기 시작했다.

"네 이놈들!"

거란군의 측면에서 낭장 유방이 벽력같이 소리치며 말과 함께 앞으로 나아갔다. 그가 언월도를 휘두르자 거란군이 짚단처럼 쓰러졌다. 유방의 부하들이 사방에서 에워싸며 적들을 베어 나갔다.

"공격하라!"

앞쪽에서 말을 탄 중랑장 대도수가 휘하 장수들을 이끌

고 질풍처럼 달려왔다. 그의 칼에 거란군의 목이 단번에 잘려 나갔다. 부하 장수들도 창검을 휘두르며 적을 무차별적으로 도륙했다. 창칼이 부딪치는 소리, 거란군의 비명이 대령강 물 위로 겹겹이 쌓여 갔다. 고려군의 창검이 거란군을 찌르고 벨 때마다 피비린내가 진동했다. 해질녘이 되자, 안융진 부근의 들은 거란군 별동대의 시체로 뒤덮였다. 살아 돌아간 자는 한 사람도 없었다.

서희의 강화회담

    소손녕은 별동대가 궤멸되었다는 소식에 큰 충격을 받았다. 고려군을 얕잡아봤다가 허를 찔린 형국이었다. 믿었던 별동대가 전멸당하고 나니 더는 남하할 생각을 하지 못했다. 그 대신, 고려에 사신을 보냈다. 이 소식을 들은 서희가 강감찬에게 말했다.

    "나는 중군 진영을 지켜야 하니, 자네가 서경에 가서 거란 사신이 뭐라 하는지 듣고 오게."

    "예."

    명을 받은 강감찬은 전속력으로 말을 달려 거란 사신보다 더 빨리 서경에 도착했다. 반 시진쯤 후, 서경에 당도한 거란의 사신이 어전에서 성종에게 인사를 올렸다.

"거란의 사신이 전하를 알현하옵니다."

그가 '전하'를 부러 크게 발음한 것은 고려를 황제국으로 인정하지 않고 조공국으로 격하시켜 지칭하는 노골적인 수작이었다. 하지만 옥좌 위에 앉은 성종은 감정의 격랑 없이 근엄한 얼굴로 굽어보며 말했다.

"그래, 귀국의 소손녕 장군이 그대를 보낸 까닭은 무엇인가?"

"동경유수 각하의 말씀을 그대로 전해 올리겠사옵니다. 거란의 힘을 보셨으니 이제 무조건 항복하시라는 말씀이셨사옵니다."

"뭣이? 항복이라고?"

성종이 노기 띤 음성으로 말했다. 고려의 대신들도 거란 사신의 말을 듣고는 분을 삭이고 있었다. 그때, 관복으로 갈아입고 정전에 미리 와 있던 강감찬이 한 발짝 나서며 일갈했다.

"무엄하오! 어찌 감히 우리 폐하 앞에서 항복을 운운하시오?"

갑작스러운 호통을 들은 거란 사신이 거만한 눈초리로 쏘아보며 말했다.

"그대는 누구시기에 상국의 사신 앞에서 이리도 도도한 거요?"

"나는 예부시랑 강감찬이오. 거란이 언제부터 우리의 상국이었소? 우리 고려는 태조 폐하께서 개국하실 때부터 황제국이었던 것을 모르셨소? 그대야말로 우리 황제 폐하 앞에서 예를 갖추시오. 일개 사신으로 온 처지에 무도하기 짝이 없구려!"

"예부시랑 강감찬? 대 거란의 사신에게 무례를 범하고도 그대가 정녕 무사할 것 같으시오?"

얼굴이 붉으락푸르락해진 사신이 뱀눈을 치켜뜨며 씹어뱉듯이 말했다. 그러고는 강감찬을 쏘아보았다. 강감찬도 지지 않고 그를 노려보았다. 두 사람의 마주 보는 눈빛에서 불꽃이 튀었다.

"거란의 사신은 들으라!"

이윽고, 성종이 차갑게 입을 열었다.

"예, 전하."

사신은 강감찬에게서 시선을 거두며 성종을 향해 두 손을 모았다.

"이제 귀국의 뜻을 알았으니, 우리 고려에서도 곧 사신을 보낼 것이다. 그리 알고 돌아갈지어다."

"알겠사옵니다."

거란 사신은 머리를 숙여 절한 뒤 뻣뻣한 표정으로 물러났다. 정전 밖으로 나가던 그는 강감찬을 한번 흘끗 쳐다보았다. 그러고는 빠른 걸음으로 궁궐 뜰을 가로질러 갔다. 이때, 한 장수가 분을 이기지 못하고 쫓아가더니 발길로 사신을 걷어차 넘어뜨렸다.

"어이쿠!"

"네 이놈! 이 거란 놈아, 감히 우리 폐하께 항복을 운운해? 고려의 매운맛을 보여주마."

장수는 사신의 멱살을 잡아 끌어올린 다음 뺨을 후려쳤다. 갑작스러운 봉변을 당한 사신은 얼굴이 빨갛게 붓고 입술에 피가 맺혔다.

"당장 멈추시오!"

그때, 대전 마당이 울리도록 고함치는 소리가 들렸다.

장수가 때리던 손을 멈추고 돌아보았다. 예부시랑 강감
찬이 노기 띤 얼굴로 다가와 사신을 부축했다.

"일국의 사신을 이렇게 대하는 법이 어디 있소?"

강감찬은 장수를 나무라는 한편, 사신을 부축하면서 근
심 어린 눈빛으로 쳐다보았다. 거란의 사신이 허리에 손
을 짚으며 일어나더니, 부르튼 입술로 말했다.

"상국의 사신을 능멸한 죄가 실로 크지만 오늘만큼은
이해하리다. 내가 귀국에 항복을 권했으니, 국록을 먹는
사람으로서 왜 분격하지 않았소이까? 아무튼 강공이
나를 위해 마음 써준 일은 내 잊지 않으리다. 고맙소."

사신은 등허리와 얼굴을 쓰다듬으면서 궐 밖으로 비칠
비칠 걸어 나갔다. 강감찬이 돌아와 보니, 대전에서는 여
전히 무거운 정적이 흐르고 있었다.

"자, 이제 어찌하면 좋겠소?"

성종이 신하들에게 의견을 구했다.

"합문사인 장영을 보내 강화회담을 진행하는 게 가할
줄 아뢰오."

대신 하나가 제안을 내놓았다. 성종은 고개를 갸웃거

렸다.

"장영은 정5품인데 소손녕과의 회담 상대로 격이 맞겠소?"

"일단 합문사인을 보내 소손녕의 의중을 파악하는 게 수순이라 사료되옵니다."

대신이 거듭 의견을 굽히지 않으니 성종은 마지못해 윤허했다.

"그렇게 하시오."

일이 일사천리로 진행되었다. 화친 회담의 적임자로 합문사인을 추천한 대신이 장영을 불렀다. 정전에서 회담을 어떻게 진행할 것인지를 논의했다. 표문을 받아 든 장영이 성종에게 절을 올린 뒤 거란 진중으로 나아갔다. 여기까지 지켜본 강감찬은 의아함을 누를 길이 없었다. 소손녕과 강화회담을 진행할 관리를 너무 빨리 정하는 듯했기 때문이었다. 그는 대궐을 나와서 중군 진영으로 달려갔다.

"그래, 어찌 되었는가?"

강감찬이 중군사의 막사로 들어가 예를 올리자, 서희

는 궁금함을 참지 못하고 물었다. 강감찬은 서경 궐내에서 있었던 일을 소상히 보고했다. 그러자, 서희는 탄식하며 말했다.

"일이 어렵게 되어 가고 있구먼."

"중군사께서도 저와 비슷한 생각을 하고 계십니까? 우리 쪽 사신을 촉급하게 정하는 게 마음에 좀 걸렸습니다."

"그것도 그렇지만, 소손녕은 거란주의 부마이며 동경유수가 아닌가? 회담 상대로 정5품의 합문사인을 보내는 것은 아무래도 격에 맞지 않아. 소손녕 그자가 반드시 트집을 잡고 말 걸세."

"좀 더 높은 관리를 회담 상대역으로 보내야 한다는 말씀이군요?"

"그렇지. 그자는 맨 처음 고려의 선봉장을 꺾은 뒤 기고만장해 있었지. 하지만 안융진 전투에서 대패하고 말았어. 기선을 제압하려다 꼴 좋게 된 것이지. 이제 남은 게 뭐가 있겠나? 실리라도 찾으려고 온갖 수를 쓸 게 뻔하단 말이야."

"영토에 대한 흑심이겠지요?"

"바로 그거야. 그자는 처음부터 고려의 북쪽 땅을 빼앗을 생각뿐이었어. 그래서 봉산군을 점령한 뒤에도 섣불리 남하하지 않았던 게야."

"안융진 기습이 실패로 돌아간 뒤 소손녕의 계획은 더 어긋나게 되었겠지요?"

"꼭 그렇다고 볼 수만은 없지. 요사이 날씨가 추워지고 있지 않나? 강물이 얼게 되면 거란의 기병이 마음껏 침략할 수 있으니 오히려 우리 고려에 불리한 정황이 되겠지. 하지만 거란군에게도 그리 녹록한 것만은 아니야. 그들이 고려에 머무는 기간이 길어질수록 군량미의 보급 문제가 어려움에 부닥쳤으니, 그자에게도 하루하루가 견디기 어려운 지경이 될 걸세."

강감찬과 서희가 진중에서 의견을 교환한 지 며칠이 지났다. 강화회담이 어떻게 진행되었는지 궁금하던 차에 서경에서 파발마가 도착했다. 자초지종을 들어보니 짐작했던 대로였다. 소손녕은 합문사인 장영을 제대로 만나주지도 않았으며, 더 높은 직위의 관리를 보내라며 화를 냈다는 것이었다.

"폐하를 뵈러 가겠네. 자네도 채비를 갖추게."

서희가 재촉했다. 강감찬은 서희의 눈빛에서 결연한 의지를 보았다.

"예, 중군사!"

서경에 도착한 서희는 곧장 정전으로 가 성종을 알현했다. 정전에서는 마침 합문사인 장영의 보고를 받은 성종이 대신들과 더불어 머리를 맞대며 회의를 하고 있었다.

"소손녕을 만나 담판을 지을 사람이 누구인가?"

성종의 물음에 답변을 하는 대신이 하나도 없었다. 그때 서희가 나섰다.

"폐하! 소신이 소손녕과 담판을 하고 오겠나이다."

"거란 진영으로 가면 목숨을 잃을 수도 있는데, 그래도 괜찮겠소?"

"예. 담판을 성공적으로 마무리하고 반드시 살아 돌아오겠사옵니다."

"오! 중군사만 믿겠소."

성종은 감격한 나머지 서희의 두 손을 굳게 잡았다.

"일각이 급하니 지금 곧 떠나겠사옵니다."

서희가 절한 뒤 정전을 나서자, 성종은 대신들을 거느리고 친히 강가까지 배웅해주었다. 소손녕은 일전에 점령한 봉산군에 진영을 꾸리고 있었다. 서희가 휘하 장수 몇 명과 더불어 강감찬을 대동하고 거란의 진중에 도착하니, 소손녕이 부하를 보내 맞이하게 한 뒤, 자신의 막사로 들어오라고 했다. 서희는 꼼짝하지 않고 서서 통역사에게 말을 전하라고 일렀다.

　"나 서희는 고려의 대신이다. 귀국의 장군께서 맞이하지 않고 어찌 아랫사람을 시켜 오라 가라 하는가?"

　통역사가 막사에 들어갔다 나온 뒤, 소손녕의 말을 전했다.

　"나 소손녕은 황제 폐하의 부마이자 동경유수이니, 응당 작은 나라의 사신이 대국의 고관대작인 나에게 예를 갖추어야 할 것이다."

　이 말에도 서희는 굽히지 않았다.

　"나는 지금 우리 고려의 황제 폐하를 대신하여 여기까지 온 것이다. 내가 고려의 대표 자격으로 이 자리에 있는 것이니, 대등한 위치에서 나를 상대하라."

서희가 늠름하게 말했다. 그 당당한 기개에 감탄한 소손녕은 더 이상 기 싸움을 하지 않고 막사 안으로 초대했다. 강감찬은 막사 밖에서 대기하며 이 과정을 모두 지켜보며 전율을 느꼈다. 이윽고 소손녕과 서희가 서로 마주 앉아 회담을 시작했다. 먼저 소손녕이 운을 떼었다.

"고려는 본디 신라에서 일어난 나라다. 그리고 원래 고구려 영토는 우리 거란의 것인데 고려가 북방정책이랍시고 침범하니 가당치 않다."

"그렇지 않다. 우리 고려는 고구려를 계승한 나라다. 그래서 나라 이름도 고려로 정한 것이다. 우리가 선조들의 영토에 관심이 많은 것은 당연하다. 결코 침범이 아니다. 옛 영토를 회복하고자 하는 마음일 뿐이다."

뜻밖의 역사 논쟁이 벌어졌다. 하지만 서희의 논리가 정연해서 소손녕은 화제를 돌렸다.

"고려는 왜 우리 거란과 국경을 마주하고 있으면서도 송나라와 교류를 하는가?"

"우리가 송나라와 친한 것은 우리 사정이니 왈가왈부할 것이 아니다. 게다가 중간에 여진족이 도사리고 있어서 거란과의 교류를 막고 있다는 사정을 알아주길 바란다."

"다시 말하지만, 고구려 땅은 우리 거란의 땅이다. 지금 차지하고 있는 고려의 영토를 떼어주면 우리가 군사를 물릴 것이다. 어떤가?"

"나도 거듭 말하거니와 옛 고구려 땅은 우리 선조들의 땅이며, 고구려를 계승한 고려의 땅이다. 그대들이 차지하고 있는 발해 땅도 모두 우리 선조들의 땅이다. 만일 우리가 그대들에게 거란의 동경까지 우리 땅이니 돌려달라고 하면 어쩔 것인가?"

서희가 침착하고 조리 있게 설명하며 아금박스럽게 몰아붙이니 소손녕은 더는 말을 하지 못하고 잠시 머뭇거렸다.

"으음."

"압록강 건너 광활한 땅도 우리 것인데, 지금 그곳에 눌러앉은 여진족이 출입을 막고 있지 않은가. 막상 우리가 거란에 조공한다 해도 여진족의 방해 때문에 나아갈 수 없는 것이다. 그대가 여진족을 물리치고 우선 압록강 안쪽의 땅이라도 우리에게 돌려준다면 우리는 거란을 상국으로 예우할 것이다. 어떠한가?"

소손녕은 속으로 머리를 굴렸다. 거란이 시라무렌강에서 일어난 뒤 서쪽과 동쪽을 종횡무진으로 평정한 뒤에도 고분고분하지 않았던 고려는 항상 눈엣가시였다. 거란이 발해를 멸망시킨 뒤 보여준 고려의 노골적인 적개심은 급기야 만부교 사건으로 이어졌다. 그때부터 거란과 고려는 견원지간처럼 지냈다.

중원의 송나라까지 굴복시킨 거란으로서는 조공·책봉 관계를 통해 고려를 무릎 꿇려야만 대국의 자존심을 세울 수 있다고 여겼다. 그것은 정복 군주로서의 면모를 보여왔던 승천황태후의 야심이기도 했다. 소손녕은 회담 도중에 거란 황실에 보고서를 올린 뒤, 서희가 내건 요구 조건을 수락해도 좋다는 승천황태후의 승인을 받아냈다.

"우리 황실에서 고려의 조공을 받아들이기로 승인하셨다. 또한, 그대의 요청대로 여진족을 쫓아내고 강동육주를 내어줄 테니, 이제부터는 송과의 통교를 끊고 우리 거란을 섬기기를 바란다. 나는 지금 이 순간부터 강화협상을 받아들이고 군사를 되돌릴 것이다."

"우리의 뜻을 대승적으로 받아들여 주니 참으로 고맙기 그지없다. 앞으로 고려와 거란 두 나라 사이에 영원한 평화가 깃들기를 바란다."

서희와 소손녕이 정중히 문서를 주고받았다. 이 강화회담의 골자는 고려의 성종이 거란에 입조(入朝)하며, 거란의 연호를 사용하겠다는 것을 서약한다는 것이었다. 소손녕은 압록강 동쪽 여진이 차지하고 있는 280리를 고려가 차지한다는 화약을 서희와 맺은 뒤 군대를 철수하겠다고 약조했다. 강화회담은 대성공을 거두었다. 서희는 빨리 서경으로 돌아가 성종께 이 사실을 보고하려 했다.

하지만 소손녕은 회담 성공을 자축하자며 서희를 애써 붙잡았다. 거란 진중에서 일주일 동안 성대한 잔치가 열렸다. 산해진미를 게걸스럽게 먹어대는 거란 병사들의 모습을 보면서, 강감찬은 회담 내내 기품을 잃지 않고 침착하게 상대를 설복시켰던 서희의 모습을 떠올렸다. 실로 담대하기 짝이 없는 논변과 당당함에 존경심이 솟구쳤다. 자칫하면 목숨을 잃을 수도 있는 강화회담의 사신으로 자청하여 나간 것도 쉬운 일이 아니었다. 그뿐만 아니라 적장의 면전에서 대담하게 영토를 내놓으라고 주장하는 것은 어지간한 용기와 배짱이 아니고서는 할 수 없는 일이었다.

회담 결과, 거란은 강동육주를 여진으로부터 빼앗아 고려에 주겠다고 약속했고 고려는 거란에 대해 조공하겠다고 약속했다. 사대(事大)의 명분을 주는 대신 영토 획득이라는 엄청난 실리를 얻은 셈이었다. 이 회담을 통해 거란은 수십 년간 적대적인 관계였던 고려와 조공·책봉 관계를 수립함으로써 강대국으로서의 위신을 세우는 등 국제질서를 바로잡았다는 명분을 얻은 셈이었다.

소손녕은 돌아가는 서희 일행에게 비단 5백 필, 낙타 열 마리, 말 1백 마리, 양 1천 마리 등을 선물해 주었다. 실로 융숭한 대접을 받고 서희가 거란 진영을 나왔다. 이 소식을 들은 성종이 대신들을 거느리고 강가에까지 나와 서희의 두 손을 굳게 맞잡아주며 치하했다. 장수들과 함께 뒤쪽에 서서 이 광경을 보고 있던 강감찬의 가슴속에서는 뜨거운 것이 치밀어 올라왔다. 목숨을 걸고 나라를 지킨 한 사람의 발걸음이 고려의 모든 백성에게 크고 거대한

발걸음이 되었다. 그 위대한 여정에 함께 참여했다는 사
실만으로도 벅찬 감동을 누를 길이 없었다.

소용돌이치는 날들

거란은 강화회담을 한 뒤 겉으로는 평화 정책을 펴는 듯했지만 속으로는 딴마음을 품고 있었다. 회담을 한 지 불과 몇 개월 만에 압록강 서쪽에 다섯 개의 성을 쌓기 시작했다. 성 주변에는 기마병 위주의 군대가 신속히 움직일 수 있도록 교통로를 다지는 일도 병행했다. 고려는 거란의 움직임을 예의 주시하면서 이에 대응해 나갔다. 성종이 서희에게 명을 내렸다.

"지난번 소손녕이 약속한 바 있으니, 경은 군사를 이끌고 압록강 주변의 여진족들을 물리치고 그곳에 속히 성을 쌓도록 하길 바라오."

"명을 받들겠나이다."

서희는 군사를 거느리고 출정하여 대대적인 여진족 정벌에 나섰다. 거세게 저항하는 여진족들을 물리치는 과정은 결코 쉽지 않았다. 하지만 서희의 군사들은 그동안 거란과 싸우면서 갈고닦은 실력을 바탕으로 여진족들을 굴복시켰고, 모두 압록강 북쪽으로 쫓아냈다. 소손녕은 서희와 강화회담을 할 때, 마치 거란이 압록강 부근의 여진족들을 직접 쫓아내고 그 땅을 줄 것처럼 말했으나 결국 그 땅을 개척한 이는 고려의 서희였다.

강감찬은 이때도 서희의 참모로서 종군하며, 서희의 부대가 여진족들을 격퇴하는 과정을 직접 두 눈으로 보게 되었다. 하지만 전쟁터에서는 참모라 할지라도 엄연한 군대의 한 구성원이었다. 때로는 직접 말을 타고 칼을 휘두르며 전투에 참전하는 일도 비일비재했다. 거란에 비하면 비교적 작은 규모였지만, 여진족의 장수들은 사납고 흉포했으며 용맹함에서는 결코 거란에 뒤지지 않았다.

서희는 2년여에 걸쳐 압록강과 대령강 사이의 여진족 할거 지역을 평정한 뒤 압록강 부근에 성을 쌓기 시작했다. 군사들을 주둔시켜 방비를 단단히 하는 한편, 수많은 백성을 데려와서 축성 공사에 착수했다. 이때 내사령 벼슬에 오른 서희는 축성의 설계와 총감독을 맡아 진두지휘했다. 여러 장수나 참모와 더불어 강감찬도 각자 직분을 다해 성 쌓는 일에 참여했다.

강감찬은 흙을 다지고 바윗돌 위에 또 다른 바윗돌을 얹는 과정을 지켜보는 동안 국경 지역을 자주 다니던 젊은 시절을 떠올려 보았다. 외적을 물리치려면 무엇을 해야 하는가 하는 화두를 가지고 병법을 연구했던 일들도 머릿속에 그려보았다. 외적이 어느 방면으로 쳐들어올 것인지, 적들의 침략이 현실로 나타난다면 어느 곳에서 어떻게 막는 게 좋은지 등등의 질문을 떠올리며 국토 지리에 대한 지식을 하나라도 알고자 노력했던 순간들이 눈앞을 스치고 지나갔다.

북쪽 변경의 보루인 성을 쌓는 작업은 순조롭게 진행되었다. 압록강에서부터 청천강에 이르기까지 280여 리에 걸쳐 성을 쌓는 역사적인 토목공사였다. 고구려가 멸망한 후 황무지였던 땅, 여진족이 들어와 암암리에 세력을 키우던 선조들의 옛 땅이 강력한 요새가 되어 고려의 품에 안기는 순간이었다. 축성 작업이 마무리 단계에 접어들수록 우람하게 버티고 서 있는 성채가 곧 국경을 방비하는 초석임을 실감했다.

"드디어 성 쌓는 일이 끝났구먼. 자네와 함께해서 든든했네."

축성 작업을 마치던 날, 서희가 강감찬에게 말했다.

"내사령께서 이룬 위대한 업적을 말석에서나마 직접 보고 경험하며 배우게 된 것을 무한한 영광으로 생각합니다."

강감찬도 감격에 겨운 나머지 심중에 있던 말을 고백했다.

"소손녕과의 회담에서 얻어낸 강동육주는 우리 고려의 훌륭한 방패가 될 것일세."

"고구려의 옛 땅, 위대한 선조들이 일군 영토를 되찾게 되었으니 실로 기쁜 일입니다."

"나도 기쁘기 한량없네. 그러나 결코 거란을 믿지 말게. 그들은 언제든 우리 땅을 침략하기 위해 호시탐탐 기회만 노리고 있으니 말이야. 거란이 또다시 침범한다면, 그때는 자네가 나서서 고려를 지켜주게."

"만약 저에게 그런 막중한 일이 주어진다면, 제 목숨을 걸고 최선을 다하겠습니다."

"자네는 훗날 나라를 위해 큰일을 해낼 걸세."

서희는 이 지역을 다스리기 위해 장흥, 귀화, 곽주, 귀주, 안의, 흥화, 선주 등에 견고한 성보(城堡)를 쌓고 6주를 설치했다. 오늘날까지 잘 알려진 6주는 내륙 경로를 따라 쌓은 흥화진과 귀주, 연안 경로를 따라 쌓은 곽주, 통주, 철주, 용주 등 여섯 곳이다. 거란은 이곳이 압록강 동쪽에 있다는 뜻에서 강동육주라 불렀고, 고려는 국경 부근의 여섯 고을을 서북면이라 칭했다. 축성 공사가 완료된 시점에 고려 조정은 서희가 성을 쌓은 곳을 중심으로 서북쪽의 거란을 방어하는 서북면, 동북쪽의 여진족을 방어하는 동북면 등 두 곳의 특별행정구역을 설정해 공포했다.

그즈음, 성종은 시름시름 앓기 시작했다. 병상에 누워 있던 황제는 외조카인 왕송에게 황위를 물려준 뒤 향년

38세로 눈을 감았다. 이듬해, 소손녕과의 담판을 통해 강동육주를 획득한 서희 또한 57세의 나이로 운명했다. 천붕을 겪은 지 한 해 만에 존경하는 서희마저 눈을 감으니 강감찬의 가슴에 깊은 슬픔이 차올랐다. 곧이어 경종의 큰아들이자 성종의 조카인 왕송이 옥좌에 오르니, 이가 곧 고려의 제7대 황제인 목종이었다. 한 시대가 가고 새로운 세상이 시작되었다.

열일곱 살의 나이로 즉위한 새 황제 목종은 그해 12월에 관직 제도를 바꾸었다.

"지금부터 문무 양반 및 군인전시과(軍人田柴科)를 개정하노라. 이것은 지금까지 시행해온 관직 제도를 바탕으로, 곡물을 경작하는 전지(田地)와 땔감을 얻을 수 있는 시지(柴地)를 받는 대상을 18과로 나누어 각 품계에 따라 배분하는 방식임을 유념하라."

개정되는 제도에는 문관을 무관보다 우대하는 조건이 포함되었다. 목종은 서경을 특히 중요하게 생각하여 여러 해 동안 서경에 행차했다. 그는 태조 왕건의 후예답게 북방 개척에 뜻을 두고 함경남도 안변과 평안북도 구성,

함경남도 정평에 성을 쌓아 여진족의 침입에 대처했다.

1003년, 목종은 북송에 사신을 보냈다.

"우리 고려국이 거란을 칠 테니 송나라에서는 군대를 보내 주시기를 요청합니다."

그러나 고려의 친서를 받은 송나라에서는 거란의 눈치를 보느라 아무런 답변을 하지 않았다. 이듬해에 거란군이 송나라로 진격했다. 이 전쟁에는 섭정을 하고 있던 거란의 승천황태후가 갑옷을 입고 직접 참전했다. 거란의 6대 황제 성종(야율융서)과 야율휴가가 좌군과 우군을 거느린 가운데 송나라의 북성을 포위했다. 거란의 침입을 받은 송나라는 처음에는 만만치 않게 버텼다. 하지만 3개월에 걸쳐 송나라를 공격한 거란의 위세는 실로 대단했다. 송나라 3대 황제 진종은 거란의 기세 앞에 더는 버티지 못하고 화의를 맺었다. 1004년, 두 나라는 결국 전연에서 강화협약을 체결했다. 전연의 맹약인 것이다.

전연의 맹약(또는 전연의 맹)을 맺을 때 송나라는 거란을 북조, 송나라를 남조라고 각각 칭했다. 얼핏 보면 상하관계가 아닌 평등관계인 것처럼 표현하며 체면을 유지하고자 했다. 또한, 송나라 황제 진종이 거란의 황제 성종보다 나이가 많았기에 송나라의 황제가 형이고 거란의 황제가 동생이 되는 형제 관계를 만들었다. 하지만 이것은 어디까지나 북송의 위신을 지켜주기 위한 형식적인 장치일 뿐이었다. 성문화된 약조문에는 두 나라 사이의 실질적인 위계질서를 뚜렷이 보여주는 문장이 적혀 있었다.

"송나라는 앞으로 해마다 거란에 세폐를 보낸다."

약조문의 세폐라는 말도 원래는 조공의 의미를 윤색하기 위해 쓰였다. 당시에는 약소국이 강대국에 조공을 바치고 책봉을 받는 게 국제관계의 보편적인 상례였다. 하지만 송나라는 중원의 천자 나라라고 자처하였기에 자존심을 지키고 싶어 했다. 오랫동안 북적(北狄)이라 업신여겼던 오랑캐에게 굴종적인 태도를 보이는 문구를 기록으로 남기고 싶지 않았다. 이 때문에 비록 뻔한 내용에 불과하였지만, 마지막 남은 자존심마저 잃고 싶지 않아서 조공 대신 세폐라는 말을 억지로 끼워 넣었던 것이다.

이에 반해 거란은 송나라에 아무것도 보내지 않았다. 실제로는 강력한 군사력을 가진 거란이 우위를 점했고,

그 힘에 굴복한 송나라가 바닥의 자리로 내려앉은 것이다. 그 시대의 국제질서란 군사력에 의한 서열로 정리되는 것이었다. 송나라는 힘이 약한 처지였으므로 거란에 세폐를 바쳐야만 했다. 조공을 바치고 책봉을 받는 관계를 설정함으로써 나라의 안위를 보장받는 당대의 질서를 따라야 했던 것이다.

전연의 맹약은 송나라에 막대한 재정적인 부담을 가져다준 악재였다. 송나라는 해마다 비단 20만 필, 은 10만 냥을 거란에 바쳐야만 했다. 전연의 맹약에서 가장 중요한 점은 연운16주가 거란의 영토임을 문서상으로 인정했다는 사실이었다. 유독 중원에 불리한 것은 잘 감추는 중국인들이었지만 이것을 기록으로 남기는 것만큼은 막지 못했다. 약조문의 문장을 순화하여 형식적으로는 상하 관계가 아닌 것처럼 포장했지만, 사실상 거란이 송나라보다 우위에 있음을 보여주는 불평등한 조약이었다.

고려는 기민하게 움직였다. 거란에 사신을 보내 전연의 맹약을 축하해 주었다. 고려는 이 무렵 거란과 형식적인 조공·책봉 관계를 유지하면서 국제질서의 순리를 외교적으로 풀어나갔다. 고려는 외왕내제(外王內帝)를 정책적으로 시행했다. 즉, 거란과 같은 강대국에는 자신을 낮춰 왕이라 칭했지만 대내적으로는 계속 황제국을 표방했다. 거란을 제외한 여진족 등 주변 약소국에 대해서는 황제국으로서 조공·책봉 관계를 맺는 이원화된 정책을 펴고 있었다.

거란은 송과의 관계를 정리한 뒤 제국의 위엄을 더욱 떨치고 싶어 했다. 그들은 자신의 속마음을 거리낌 없이 겉으로 표출했으며, 고려가 거란에 진정으로 사대하지 않는다고 의심하면서 온갖 구실로 압박을 가하기 시작했다. 거란은 고려에 보낸 사신의 입을 통해서 이 같은 의심을 끊임없이 드러내며 고려를 겁박했다.

"고려는 송나라, 여진과 긴밀하게 연결되어 있으면서 공공연히 거란에 적대하려 한다."

승천황태후는 주변국들을 평정하는 일이 거의 마무리되자, 고려를 침공할 구실만 찾으려 했다. 당시의 국제질서하에서는 일단 책봉·조공 관계가 맺어진 상태에서는 아무런 명분 없이 조공국을 함부로 침략할 수 없었다. 아무리 힘을 바탕으로 설정된 관계라 할지라도 국제관계의 도리를 무시할 수는 없는 노릇이었다. 만일 명분도 없이 조공국을 침략하는 사태가 벌어지면 거란의 책봉을 받는 모든 나라가 거란을 의심하게 되기 때문이었다. 그렇게 되면 하나둘씩 조공국들이 반기를 들게 될 것이고, 거대한 제국인 거란에 심각한 균열이 발생하게 될 것이므로 섣불리 군사 행동을 하기 어려웠다.

거란이 송나라를 누르고 승승장구하는 동안 고려에서는 황실 내부의 갈등이 깊어 가고 있었다. 젊은 황제 목종은 기존 제도를 손보고 북방 개척을 위해 여러 곳에 성을 쌓는 등 의욕적인 모습을 보였다. 하지만 그도 즉위 초에 어머니인 헌애황후 황보씨의 섭정을 받았다. 헌애황후는 경종의 세 번째 황비이자 성종의 누이동생이었다. 헌애황후의 여동생은 현종의 모후인 헌정황후다. 성종의 두 누이동생이 모두 황후가 된 것은 고려의 독특한 족내혼 제도 때문이었다. 황실의 규율과 제도에 따라 두 황후는 부모의 성을 따르지 않고 태조 왕건의 네 번째 황후인 신정황태후 황보씨의 성을 따랐다.

남편인 경종이 죽은 뒤 오빠인 개령군 왕치가 고려 제3대 황제(성종)로 즉위했을 때, 헌애황후는 궁 밖에 머물고 있었다. 이때 헌애황후는 외가 쪽 친척이자 파계승인 김치양과 정을 통하는 사이가 되었다. 성종은 누이동생이 정부와 남몰래 만나며 세간의 입질에 오르내리자 궁궐의 분란을 잠재우기 위해 김치양을 귀양보내 버렸다.

성종의 뒤를 이어 열여덟 살의 목종이 즉위했다. 그런데 웬일인지 목종의 어머니인 천추태후가 섭정을 했다. 헌애황후는 천추전에 머무르고 있었기에 천추태후라 불렸다. 황제는 스물이 채 안 되기는 했지만 팔팔한 청년이었다. 이 때문에 어머니가 섭정을 한다는 것에 대해 대신들 사이에 말이 많았다. 효성이 지극했던 목종은 천추태후의 섭정을 인내하면서도 소신대로 몇몇 정책을 펴기도 했다.

본디 목종은 활쏘기와 사냥, 술을 좋아하는 등 호방한 성정을 지니고 있었다. 그러나 천추태후의 전횡이 일상화되자 모든 게 귀찮아져서 정치에 흥미를 잃었다. 황실의 최고 권력자이자 어른인 천추태후는 그때부터 누구의 눈치도 보지 않고 옛 애인인 김치양을 다시 궁궐로 불러들였다. 그런 다음 김치양에게 정7품 벼슬인 합문사인에 임명했다.

김치양은 천추태후의 비호를 받으면서 거칠 것이 없었다. 그는 얼마 지나지 않아 정2품 상서우복야로 파격적인 승진을 했다. 동시에 재정권과 인사권을 관할하는 삼사사의 지위를 겸하게 되었다. 김치양의 권세는 더욱 커졌다. 그의 집 앞에는 날마다 인사 청탁을 위해 뇌물을 바리바리 싸들고 찾아오는 문객들로 발 디딜 틈이 없었다. 김치양의 권세는 가히 황제에 버금갈 정도로 강해졌다.

천추태후는 목종이 이십대를 훌쩍 넘긴 뒤에도 섭정을 그만두지 않았다. 오히려 김치양과 더불어 황제의 권위를 넘어서는 월권행위를 거리낌 없이 자행했다. 목종은 자포자기 상태에 빠졌고, 나중에는 유행간과 유충정 등 미청년들을 가까이 두고 남색을 즐기느라 아예 정사를 돌보지 않았다.

그 무렵 목종의 뒤를 이을 유일한 황실의 후손은 왕욱의 아들인 왕순이었다. 태조 왕건의 아들인 왕욱은 5대 황제인 경종이 승하한 후 궁궐 밖의 사가에서 살던 경종의 네 번째 황비인 헌정왕후 황보씨와 눈이 맞아 왕순을 낳았다. 왕순은 배다른 삼촌과 조카 사이였던 왕욱과 황보씨에게서 난 사생아였다. 하지만 엄연히 황위 계승의 자격을 갖춘 자로서 대량원군에 봉해졌다.

고려 황실에서는 태조 왕건 이후 황실 가족끼리의 족내혼, 근친혼을 유지하고 있었기에 천추태후와 대량원군 왕순은 이모와 조카 사이였다. 이 때문에 천추태후는 맨 처음엔 대량원군 왕순을 호의적으로 대했다.

천추태후와 김치양 사이에 사내아이가 태어나면서부터 일이 꼬이기 시작했다. 몸이 허약했던 목종은 이즈음 병이 들었다. 그는 자신에게 아들이 없었던 까닭에 대량원군 왕순을 후계자로 세울 뜻을 지니고 있었다. 하지만 천추태후는 이때부터 자기 여동생인 헌종황후의 아들 왕순을 차갑게 대하기 시작했다. 경종의 네 번째 황비인 헌정황후는 태조 왕건의 아들이자 자신의 이복 숙부인 왕욱과의 사사로운 정분을 통해 왕순을 낳았다. 헌정황후는 출산 과정에서 사망하고 말았으니, 왕순 역시 기구한 운

명의 주인공인 셈이었다.

4장

강조의 정변

개경에서 태어난 왕순은 성종이 살아 있을 때에는 황실 혈통으로서 지극한 대접과 보호를 받았다. 그러나 목종 대에 와서 섭정을 시작한 천추태후와 김치양 사이에 아들이 태어난 뒤부터 왕순은 괄시를 받기 시작했다.

천추태후는 왕순을 후계 구도에서 밀어내고 자신과 김치양의 사이에서 난 아들을 즉위시키고자 했다. 어차피 목종에게는 후사가 없었기에 황실의 유일한 혈통인 왕순이야말로 가장 적법한 황위 승계자였다. 그러나 자신에게 새로운 아들이 생겨난 지금은 이야기가 달랐다. 그녀는 왕순을 그대로 두어서는 안 된다고 생각했다.

어느 날, 천추태후는 왕순에게 강제로 머리를 깎게 하고 개경 남쪽의 숭교사로 출가시켰다. 왕순은 가사를 걸치고 절집으로 향했다. 숭교사는 목종의 원찰이었기에 황실의 고위층과 귀족들, 유력한 승려들의 왕래가 잦았다. 천추태후의 궁극적인 목적은 왕순을 제거하는 것이었다. 지켜보는 눈이 많은 숭교사에서는 그 뜻을 이룰 수 없었다.

천추태후는 궁리한 끝에 왕순을 삼각산 신혈사로 보냈다. 그러고는 자객을 여러 번 보내 왕순을 죽이려고 했다. 그때마다 신혈사의 노승 진관조사가 왕순을 보호해 주었다. 진관조사는 자신이 기거하는 방의 마루 밑에 땅굴을 파놓고 자객이 암습하려 하면 재빨리 왕순을 숨겨주었다. 진관조사가 주도면밀하게 대처하는 바람에 천추태후의 암살 시도는 번번이 실패했다.

이 무렵, 중병이 든 목종은 중추원사 최항, 중추원부사 채충순을 불러 비밀리에 지시를 내렸다.

"내가 죽기 전에 태조 폐하의 유일한 후손인 대량원군에게 황위를 물려주려 하니, 그를 빨리 황궁으로 불러오라."

　그리고 서북면도순검사인 강조에게도 편지를 보냈다.

　"그대는 속히 궁궐로 와서 짐을 호위하도록 하라."

　이때 김치양은 목종을 죽이고 자신의 아들을 옹위하기 위해 반란을 도모하고 있었다. 천추태후는 자비령에 군사들을 배치해 두었다. 강조가 개경에 들어올 길을 막으려는 것이었다. 비슷한 시각, 강조의 아버지가 노비를 시켜 서북면에 편지를 보냈다. 편지를 읽은 강조는 깜짝 놀랐다. 김치양 일파가 황제를 죽인 뒤 무도한 권력을 휘두르고 있으니, 빨리 군사를 몰아 개경으로 들이닥쳐 역적의 무리를 토벌하라는 내용이었다. 개경의 급박한 분위기를 본 뒤, 황제가 죽은 줄로 착각한 것이다.

　강조는 부사 이현운을 비롯한 휘하 장수들에게 명령했다.

　"지금 군사를 동원해 개경으로 가자! 가서 역도들을 물리치자!"

　"옛! 도순검사!"

　장수들이 강조에게 일제히 머리 숙여 힘차게 대답했다.

강조는 드디어 5천 명의 서북면 군사들을 거느리고 개경으로 향했다. 변경의 군사들을 대거 이끌고 도읍으로 진군하는 것은 곧 반역 행위를 의미했다.

'나의 거병이 반역이어도 할 수 없다. 일이 걷잡을 수 없이 헝클어졌으니, 이제는 어떻게든 수습해야 한다.'

강조는 마음속으로 거듭 다짐하면서 행군을 다그쳤다. 자비령에 다다른 강조는 이곳에 배치한 천추태후의 군사들을 가볍게 물리쳤다. 그리고 군대를 평주에 주둔시켰다. 여기까지 오는 동안 강조는 목종이 살아 있다는 사실을 전해 들었다. 하지만 이미 내친걸음이었다. 서북면의 군사들은 오직 자신의 명령만을 기다리고 있었다. 평주에서 개경까지는 불과 하루거리였다. 더 이상 물러설 수는 없었다.

"너는 즉시 신혈사로 가서 대량원군을 모셔 오거라!"

강조는 감찰어사 김응인에게 명을 내렸다. 김응인은 그 길로 대량원군을 모셔 왔다. 그 사이에 부사 이현운이 군사들을 이끌고 먼저 개경에 진입했다. 이윽고, 행군을 시작한 강조의 본진이 황도로 들어갈 때 막아서는 대항군은 하나도 없었다.

강조는 대량원군 왕순을 궁궐로 모셔 온 뒤 연총전에서 즉위식을 거행했다. 고려 제8대 황제인 현종의 등장이었다. 강조는 원래 목종의 충성스러운 신하였으나, 돌이킬 수 없는 길에 들어선 처지에서 독한 결단을 내렸다. 그는 목종을 폐위하고 천추태후와 추종자들을 모조리 잡아들였다. 목종과 더불어 남색을 일삼던 유행간과 유충정, 그리고 김치양과 그의 아들 등 일곱 명을 이날 처형했다. 천추태후와 목종은 유배형에 처해졌다. 그들이 충주를 향해 가다가 파주 적성면에 이르렀을 때, 갑자기 나타난 강조의 부하들이 목종을 찔러 죽였다. 아들의 시신 앞에서 오열하던 천추태후는 허청허청 고향인 황주로 갔다.

황실의 급박한 변고에 이어 새 황제가 등극한 사실 앞에서 아연실색한 이는 강감찬이었다.

'아! 장차 이 고려에 엄청난 환란이 닥치겠구나. 이 일을 어찌할거나…….'

강조는 황명의 출납과 군사에 관한 실권을 한곳에 모은 중대성을 새로 발족했고, 이 기구의 실질적인 수장인 중대사에 스스로 취임했다. 중대사는 황제의 명령을 발령할 수 있었다. 또한, 군대의 이동을 비롯해 군 수뇌부 장수들의 임명까지 좌지우지할 수 있었다. 실로 무소불위의 최고 권력을 가진 기구였다.

현종은 비록 군권을 비롯한 대부분의 권력을 강조에게 빼앗겼지만 즉위하자마자 과거제도를 정비하는 데 주력했다. 현종은 대전에서 강감찬에게 직접 명을 하달했다.

"예부시랑 강감찬을 지공거로 임명하노니, 과거를 주관하여 진사를 뽑도록 하시오."

"예, 폐하. 명을 받들겠나이다."

열일곱 살의 새파란 황제와 예순두 살 된 중급 관료의 첫 대면이었다. 나이로 치자면 할아버지와 손자뻘 되는 두 사람이었다. 용상에 올랐지만 강조의 위세에 짓눌린 허약한 황제와, 내일 당장 벼슬 자리에서 물러나 낙향하더라도 하등 이상할 게 없는 늙은 신하였다. 현종은 강감찬에게서 지혜롭고 현명한 어른의 기풍을 느꼈다. 강감찬은 어린 군주에게서 한없이 높은 기상과 어진 기운이 뿜어져 나오는 것을 감지했다. 좋은 만남이었다.

정4품 벼슬의 강감찬은 그해에 치러진 과거의 지공거로서 최고 감독관 겸 주관자의 역할을 맡았다. 또한, 현종의 분부대로 능력이 뛰어난 진사를 잘 가려 뽑았다.

한편, 강조는 목종이 죽고 현종이 새로 즉위한 사실을 알리기 위해 거란에 사신을 보냈다. 거란과 조공·책봉 관계를 맺은 이상 현재의 변화된 상황을 고하여 외교상 뒤탈이 없도록 해야 했다. 며칠 전, 어전회의가 열렸을 때 대신들은 약속이나 한 듯이 입을 다물고 있었다. 무신들의 무력 시위에 짓눌린 탓이 컸다. 대전 내의 공기가 삼엄한 가운데 강감찬이 입을 열었다.

"중대사께서 선 황제를 폐위하고 새 황제 폐하를 옹위하셨으니, 거란은 이 일을 결코 좌시하지 않을 것입니다. 그들은 이 일을 빌미 삼아 전란을 일으킬 가능성이 높습니다."

회의를 주재하고 있던 강조에게 하는 말이었다. 칼을 차고 대전에 입조해 있던 강조가 눈썹을 치켜뜨고 강감찬을 응시했다.

"말을 함부로 하는구려. 예부시랑은 목숨이 몇 개라도

되는 줄 아시오?"

강조의 어투가 싸늘했다.

"하나뿐인 목숨인 줄은 아오만, 나라의 위기를 막을 수만 있다면 기꺼이 내놓겠소이다."

강감찬은 비장한 어조로 말했다.

"그대가 감히 나를 시험하려 드는가?"

강조가 소리치며 칼을 빼어 들어 강감찬의 가슴팍을 겨누었다. 대전이 쩌렁쩌렁 울렸다. 대신들이 사시나무 떨듯이 떨었다. 강감찬은 강조의 눈을 정면으로 쳐다보며 침착하게 말했다.

"중대사께서는 참을성이 없으시구려! 이 몸을 베는 것은 쉬울지 모르나, 거란의 기마병들을 베는 것은 국운을 걸고 해야 할 것이오."

두 사람의 눈빛이 허공에서 불꽃을 일으켰다. 그러자, 환도를 차고 도열해 있던 강조의 부하들이 잡아먹을 것처럼 강감찬을 노려보았다. 얼마 전까지 궐내에서 피비린내를 진동하게 한 그들이었기에 공포감마저 감돌았다. 그때 현종이 용기를 내어 소리쳤다.

"모두 그만하시오! 이미 벌어진 엄청난 일들을 수습해야 하지 않겠소?"

현종이 쥐어짜듯이 말하자, 강조가 부하들에게 잠자코 있으라는 눈짓을 보냈다. 여차하면 칼을 빼 들 기세였던 무장들이 더 이상의 도발을 하지 않고 두 손을 앞으로 모았다.

"예부시랑! 그럼, 어찌해야 좋겠소?"

강조가 칼을 칼집에 넣은 다음 강감찬을 바라보며 물었다. 강감찬은 강조를 일별한 뒤 옥좌에 앉아 있는 현종을 향해 아뢰었다.

"폐하께서는 서둘러서 사신을 보내어 거란 황제에게 고려의 변화 과정을 유순한 어조로 알려야 할 것이옵니다."

숨죽이고 있던 대신들은 고개를 끄덕이는 것으로 동감을 나타냈다.

"중대사께서는 어찌 생각하오?"

현종이 강조에게 동의를 구한다는 듯이 말했다.

"예부시랑이 아뢴 대로 하시옵소서."

강조는 웬일인지 선선히 응답했다. 거란을 자극해서 득

될 일이 없기 때문이었다.

"좋소. 중대사께서 사신을 뽑아 거란주에게 보내도록 하시오."

"알겠사옵니다. 사신단에는 예부시랑을 포함하겠나이다."

현종이 명령을 하달하는 식이었지만, 실질적으로는 강조의 추인을 받는 형식으로 일 처리가 진행되었다. 강조는 자신에게 뻣뻣하게 굴던 강감찬을 굳이 사신단에 넣겠다고 못을 박았다. 사신단으로 가면 돌아오지 못할지도 모른다며, 두려움에 사로잡힌 신하들도 있었다. 하지만 강감찬은 괘념치 않았다. 누군가는 꼭 해야 할 일이었다. 그 일에 자신이 사용된다 해서 거리낄 것은 없었다. 죽고 사는 것은 하늘이 정하는 것이라고 생각하니 마음이 편해졌다.

"예부시랑은 표문을 지어 올리시오."

"예, 폐하. 분부대로 하겠사옵니다."

강감찬이 표문을 지었고 현종이 옥새를 찍었다. 다음 날, 강조는 표문을 든 사신 일행을 북쪽으로 보냈다. 사신단 행렬의 맨 앞에 강감찬이 있었다. 국경을 넘어가는 먼 길이었다.

이 무렵 거란의 섭정인 승천황태후가 승하했다. 바야흐로 그의 아들인 야율융서가 어머니의 그늘에서 벗어나 친정 체제에 들어갈 차례였다. 그는 자신의 존재감을 만천하에 알리고 싶어 했다. 28년 동안 황제의 자리에 있었지만 언제나 어머니인 승천황태후의 뒷전에 머물러 있던 그였다. 이제 여걸인 어머니의 치마폭에서 벗어나 진정한 대제국의 황제로서 위엄을 떨쳐야 한다고 그는 굳게 믿고 있었다. 그 첫 번째 과업은 고려 정벌이었다.

"우리 거란이 책봉한 왕을 강조가 감히 죽이고 상국의 허락도 없이 왕순을 옹립시켰으니 엄중히 징벌을 가할 일이다. 짐은 이를 도저히 묵과할 수 없다. 곧 군사를 일으켜 고려를 반드시 징치할 것이다!"

거란의 관리들 중에는 고려 정벌에 대해 신중론을 펴거나 반대하는 사람도 있었다. 하지만 야율융서는 이들의 의견을 묵살하고 전국에 비상령을 내려 군사들을 징발했다. 그리고 고려의 사신들을 가리키며 일갈했다.

"여봐라! 저자들을 당장 가두어라!"

야율융서의 명령이 떨어지자마자 거란의 병사들이 갑자기 달려들어 강감찬 등 사신 일행을 강제로 데려가 감금해 버렸다. 고이 가져간 표문을 바쳤지만 소용없었다.

그날 밤, 어둠 속에서 누군가가 한탄하듯 말했다.

"아, 이제 여기서 죽는 건가?"

"희망의 끈을 쉽게 놓아서야 되겠소? 일이 어떻게 되어 가는지 두고 봅시다."

강감찬이 타이르듯 말했다. 하지만 아무 기약도 없이 하루하루가 가는 게 답답했다. 밤마다 가위에 눌리는 사람도 있었다. 거란 병사들은 거칠었다. 사신이라고 봐주지 않았다. 처음에는 꼬박꼬박 끼니가 나왔지만 나중에는 하루에 두 끼로 줄였다. 그나마 사신단 숙소에서 지내도록 해주어서 다행이었지만, 문밖으로 한 발짝도 나가지 못하게 했다. 감옥이 따로 없었다.

그로부터 열흘이 흐른 뒤, 이른 새벽에 누군가 다가와 나직하게 말했다.

"다들 밖으로 나오시오."

강감찬 등 사신단 일행이 문을 열고 나와 보니, 지키는 병사는 간 곳 없고 한 관리가 서 있었다.

"뉘신지요?"

강감찬이 묻자, 어슴푸레한 빛 속에서 관리가 말했다.

"예전에 동경유수 각하가 대군을 이끌고 압록강을 넘어갔을 때, 고려 국왕을 알현하러 갔던 사신이오. 그때 어전에서 잠깐 만난 적이 있었는데, 기억하시겠소?"

"아, 우리 황제 폐하께 항복하라는 말을 해서 노여움을 샀던 바로 그 사신이시구려."

"그대와 나 또한 언쟁 비슷한 말을 주고받았었지요. 그리고 내가 어느 장수에게 봉변을 당하고 있을 때 그대가 나를 구해 주었지요."

"기억납니다. 그런데, 여긴 어인 일이시오?"

강감찬이 의아하다는 투로 물었다. 관리는 그런 질문이 나올 줄 알았다는 듯, 고개를 끄덕이더니 빠른 어조로 말해주었다.

"실은 그대나 나나 일국의 사신으로 타국에 가면 환대를 받을 때도 있지만 예기치 않은 위기에 빠질 때가 있는 법이오. 그래서 용기를 내어 우리 황제 폐하께 고하였소. 사신단을 죽이거나 유폐할 수도 있지만, 그것은 극단적인 경우에 해당한다고 말이오. 지금은 황제께서 고려와 전쟁마저 불사하는 상황이라서 매우 어려운 때이긴 하지만, 우리 거란이 천하의 패권국임을 자임하려면 조공국의 사신들에게 바다와 같은 자비로 대해주어야 한다고 아뢰었소. 그랬더니, 폐하께서 그대들을 풀어주라는 윤허를 어렵게 하셨소. 그러니, 그대들은 문 앞에 매어놓은 말을 타고 얼른 떠나시오. 좋은 날이 허락된다면, 우리는 다시 만날 것이오."

강감찬은 갑자기 닥친 일 앞에서 그저 어안이 벙벙할 뿐이었다. 강감찬 일행은 관리에게 감사의 인사를 하는 둥 마는 둥 하며 정신없이 말을 달려 압록강을 건넜다.

"폐하! 신 강감찬 등이 이제 막 도착하였나이다."

개경에 도착하자마자 입궐한 강감찬 일행은 황제에게 엎드려 자초지종을 아뢰었다.

"정말 수고하였구려. 이렇게 살아 돌아왔으니 참으로 기쁘기 그지없소."

현종이 다가와 강감찬의 두 손을 꼭 붙잡아 주었다. 황
제의 눈에는 눈물이 맺혀 있었다.

야율융서의 침공

　　고려에서 강조의 정변이 일어난 것은 난세에 일어
난 이변 가운데 하나였다. 거란 황제 야율융서는 이것을
꼬투리 삼아 고려를 침략하겠다는 결심을 굳혔다. 따지
고 보면, 목종이 폐위되고 현종이 즉위한 것은 고려의 내
부 사정에 관한 일이었다. 하지만 야율융서의 입장에서
는 자신이 책봉해준 왕을 일개 신하가 폐위한 것은 대국
에 대한 불충이었다. 야율융서는 이것을 반역 행위로 간
주한 다음 고려 정벌을 감행한다고 대내외에 천명했다.

　　당시 거란은 서쪽 정벌에 성공해 중앙아시아의 넓은 지
역에 이르기까지 영토를 확장한 대제국으로 성장해 있었

다. 중원을 정복하려는 야심을 가진 야율융서로서는 고려를 제압하여 후방의 안전을 반드시 도모해야 했다.

1010년 음력 11월 초, 거란은 40만 대군을 꾸려 진군하기 시작했다. 이처럼 대규모 원정군을 구성한 것은 거란 역사상 초유의 일이었다. 16일, 거란의 황제 야율융서가 이끄는 대군이 압록강을 넘어 고려를 침략했다. 소손녕의 1차 침략 이후 17년 만의 일이었다.

"역신 강조의 죄를 물으러 왔다."

출정식에서 야율융서가 한 말이었다. 야율융서는 소배압을 도통으로 삼아 거란의 대군을 진두지휘하게 했다. 고려에서는 강조가 총사령관인 행영도통사가 되어 통주로 갔다. 형식적으로는 현종의 명에 의해서였지만 이미 모든 권력을 쥔 강조가 스스로 도통이 되어 최전선으로 진군한 것이다. 강조는 북계 주진군(평안도) 소속 11만, 고려 중앙군 3만, 남부 주현군 16만을 합쳐 모두 30만 대군을 거느리고 있었다. 고려 역시 이처럼 대규모의 군대를 꾸린 것은 건국 이래 처음 있는 일이었다.

이때 조정에서는 안악군 출신의 양규를 서북면도순검

사로 임명해 흥화진을 지키게 했다. 거란군이 가장 먼저 맞닥뜨려야 하는 흥화진에서는 적과 싸울 준비를 했다. 흥화진에는 정예 군사인 행군이 약 2천 명, 보조 인력인 백정이 1천 명 정도 있었다. 거란의 대규모 원정군이 침략한 중차대한 시기를 맞은 만큼 급하게 전국에서 병력을 더 끌어모으려 했지만 여의치 않았다. 이렇게 해서 흥화진에서는 3천여 명의 병력으로 40만의 거란 대군을 상대하게 되었다.

하지만 흥화진을 지키는 병사들의 눈빛은 바람을 가르고 산을 쪼갤 만한 용맹함을 뿜어내고 있었다. 도순검사 양규를 필두로 흥화진사 정성, 흥화진부사 이수화, 판관 장호 등은 성문을 굳게 닫고 일전을 치를 각오를 다지고 있었다.

압록강을 넘어온 야율융서가 흥화진을 가리키며 명했다.

"대국의 힘을 본때 있게 보여줄 차례다! 맨 먼저 저 작은 성부터 함락해라!"

소배압이 고개를 숙이며 대답했다.

"예, 폐하!"

거란군은 고려군을 만만하게 보았다. 그들은 홍화진을 겹겹이 에워싸며 숫적 우위를 발판으로 벌떼같이 달려들었다. 그러나 힘차게 달리던 거란의 기마병들이 맞이한 것은 생각지도 못한 장애물이었다. 고려의 병사들은 거란군을 저지하기 위해 홍화진으로 들어오는 길목마다 마름쇠를 미리 뿌려 놓았던 것이다. 마름쇠를 밟은 거란의 기마병과 보병들이 비명을 지르며 넘어지는 일이 곳곳에서 벌어졌다. 수백 마리의 말들과 함께 거란 병사들이 짚단처럼 쓰러지는 소리, 고통에 겨워하며 헐떡이는 소리가 들려왔다.

"으헉!"

"히히히히힝!"

마름쇠는 연못 근처에서 흔하게 자라는 한해살이 풀의 마름모꼴 열매 모양을 본떠 쇠붙이로 만든 무기였다. 기마병이나 보병의 진행을 저지하기 위해 날카롭게 만들었으며, 뾰족한 끝에 독을 발라서 치명상을 입히는 데 쓰였다.

"주변 경계를 잘 살펴라!"

소배압은 부하들을 시켜 커다란 나뭇가지를 베어내게 한 다음, 마름쇠를 빗자루처럼 쓸어내도록 지시했다. 수백 명이 앞장서서 빗자루질을 해대니 매캐한 흙먼지가 자욱했다. 거란 장수들은 부상병들을 뒤쪽으로 보낸 뒤 조심스럽게 행군했다. 그때, 별안간 한 떼의 기마병들이 꽈당 소리가 나게 쓰러졌다.

"조심해! 함정이다!"

누군가 소리치는 것과 동시에 보병들이 땅 밑으로 쑥 꺼졌다. 고려군이 땅 밑에 파놓은 함마갱, 치명적인 인마 살상용 무기였다.

"아아악!"

평탄한 길, 휘어지는 길 등 도처에 함마갱이 도사리고 있었다. 움푹 팬 곳으로 쓰러지고 떨어지는 순간, 생사가 엇갈렸다. 무언가에 찔린 병사들은 고막이 찢어질 듯한 비명을 질렀다. 말들도 예외는 아니었다. 함마갱 밑에는 날카롭게 깎아놓은 나무토막, 시퍼렇게 벼린 칼날이 빈틈없이 꽂혀 있었다. 거기 떨어지면 말이나 사람이나 꼬치처럼 꿰어지며 피를 철철 흘리고 마는 것이었다.

"지독한 고려 놈들! 너희를 갈가리 찢어놓겠다!"

야율융서가 이를 갈았다. 소배압이 병사들에게 명했다.

"저 구덩이들을 모두 메워라!"

"옛!"

마름쇠를 쓸어내던 병사들은 이제 흙더미를 잔뜩 포대에 넣어 함마갱을 메워 나갔다. 마름쇠와 함마갱으로 인해 행군하는 속도가 지체되었다. 어느 정도 메우기가 끝나자, 소배압이 다시 진군을 명했다.

"흥화진을 향해 전진하라!"

"예, 도통!"

다시 진군이 시작되었다. 초원을 질주하던 기마병 본래의 속도가 나왔다. 거란군이 일으키는 흙먼지가 하늘을 뒤덮었다. 40만 대군이 성 밖의 들판을 가득 메우니 끝이 보이지 않을 정도였다.

적들이 성을 에워싸는 모습을 지켜보던 도순검사 양규가 고려 병사들을 향해 포효하듯 외쳤다.

"적의 숫자가 많다고 겁내지 마라! 너희는 고려의 최정예 군사들이다."

"옛! 도순검사!"

양규의 사자후를 들은 병사들이 큰소리로 대답했다. 적의 숫자가 압도적으로 많았지만, 고려군의 사기는 하늘을 찌를 듯했다.

"팔우노를 장전하라!"

성가퀴 위에서 적을 노려보던 판관 장호가 팔우노군 앞으로 가서 지시했다.

"장전 완료!"

병사들이 복창했다. 팔우노는 소 여덟 마리가 끄는 힘으로 시위를 당겨야 하는 대형 쇠뇌였다. 우람한 근육을 자랑하는 여러 명의 장병이 팔우노를 움직여 천 보 밖의 적을 겨냥했다.

"발사!"

거대한 쇠뇌가 '슈욱' 하는 소리를 내며 날아갔다. 대형 쇠뇌가 날아오자 적들이 방패로 막았다. 하지만 쇠뇌는 여러 개의 방패를 쪼개며 거란군 진영 한가운데를 뚫어 버렸다. 수십 명의 거란군이 말과 함께 한꺼번에 쓰러졌다. 거란군이 혼비백산하며 주춤거리자 소배압이 칼을 빼들어 호통을 쳤다.

"뒤로 물러서는 자는 즉시 목을 베겠다! 돌격하라!"

거란군은 대형 쇠뇌가 금방이라도 날아올까 봐 무서워하면서도 앞으로 나아갔다. 끝없이 밀려오는 거란군은 인간의 바다였다. 개미 떼처럼 까맣게 몰려오는 거란군은 절벽에 쉼 없이 부딪히는 파도처럼 지칠 줄을 몰랐다. 거란군이 한참 동안 고려 병사들의 공격을 막기에 급급하자 소배압이 명령을 내렸다.

"투석기를 쏘아라!"

"옛, 도통!"

거란의 병사들이 큼지막한 돌덩이를 투석기에 올린 뒤 발사했다. 잠시 후, 쿵 하는 소리와 함께 묵직한 돌덩이가 홍화진의 성벽을 강타했다. 일부는 성안으로 떨어져 가옥을 부수기도 했다. 투석기에서 돌덩이들이 연거푸 날아들었다. 성벽이 일부 깨지고 흙먼지가 자욱했다.

"맹화유!"

짧은 명령이 떨어지자마자 투석기에 실은 불붙은 기름 뭉치가 발사되었다. 성안에서는 순식간에 화염이 치솟고 기름 냄새가 진동했다. 성 내의 병사들이 이리 뛰고 저리 뛰며 불이 붙은 곳에 곳에 물을 끼얹었다. 우물물을 퍼 올리고 물동이를 나르는 등 불을 끄는 일에 아낙네들과 어린아이들, 노인들까지 나서서 거들었다.

"활을 쏘아라!"

소배압의 휘하 장수들은 각각 맡은 자리에서 병사들에게 빈틈없이 지시를 내렸다. 거란 병사들은 지시를 기계적으로 이행했다. 전쟁터에서 이골이 난 그들의 동작은 일사불란했다. 무수히 많은 화살이 성안으로 날아들었다. 홍화진의 고려 병사들은 일제히 방패를 올리며 화살을 막아냈다. 거란의 공세가 한풀 꺾였을 때, 홍화진사 정성이 휴대형 쇠뇌 부대를 향해 크게 소리쳤다.

"쇠뇌를 장전하라!"

"장전 완료!"

"발사!"

고정틀 위에 쇠로 된 발사체를 얹어놓고 장전을 마친

병사들이 홍화진사의 명령에 따라 일제히 발사했다. 쇠로 된 발사체는 일반 활보다도 훨씬 사정거리가 길고 위력도 강력했다. 팔우노가 철판 몇 겹을 뚫을 정도의 무시무시한 위력을 지녔다면, 휴대형 쇠뇌 역시 단단한 벽돌을 뚫을 정도의 위력을 지녔다. '슈슈슉' 하고 파열음을 일으키며 날아가는 쇠뇌 소리가 적에게는 공포감을 주었다. 소리가 다 끝나기도 전에 저만치서 진군해오던 거란군이 무더기로 쇠뇌를 맞고 그 자리에서 나뒹굴었다.

이때, 홍화진부사 이수화가 궁수들 곁으로 다가가 명령했다.

"적이 사정거리에 들어오면 일제히 화살을 쏘아라!"

"예!"

제1열의 궁수들은 적이 다가오기를 침착하게 기다렸다. 이윽고, 목표물이 근접했을 때 일제히 화살을 날렸다. 이때 제2열의 궁수들은 미리 각궁에 화살을 메기며 대기하고 있었다. 제1열의 궁수들이 화살을 쏜 다음 재빨리 자리를 바꾸자, 제2열의 궁수들이 신속히 앞으로 나와 화살을 쏘았다. 평소에 훈련받은 대로 기민하게 움직이니, 열

사람이 한 사람 같고 한 사람이 열 사람처럼 보였다.

"피유웃!"

무수히 많은 화살이 하늘을 향해 날아올랐다. 허공을 촘촘하게 채운 화살들이 거란군을 향해 우박처럼 쏟아졌다. 화살을 맞은 적들이 비명을 지르며 쓰러졌다. 아비규환이 한창일 때, 한 무리의 거란군이 바퀴 달린 거대한 통나무를 밀고 왔다.

"공성추다!"

홍화진의 망루에서 망을 보던 병사가 소리쳤다. 첨두목려라고도 불리는 공성추는 두꺼운 나무 기둥의 끝을 뾰족하게 깎아서 성문을 부수는 공성 무기였다. 끝에 쇠붙이를 붙여 파괴력을 높인 것도 있었다. 공성추 위에는 나무 지붕이 덮여 있었다. 공성추를 밀고 가는 병사들을 보호하기 위해 설치한 나무 구조물이었다. 전진 속도는 무게에 비례해서 느렸다.

유목민인 거란군은 송나라의 성들을 공격할 때 이 공성추를 동원해 여러 성문을 격파하곤 했다. 그들은 이번에 고려를 침공할 목적으로 공성추를 끌고 와 성문을 파괴하려 했다.

성가퀴 아래를 살피고 있던 양규가 병사들을 향해 소리쳤다.

"적이 우리 성문을 뚫지 못하게 막아야 한다. 공성추가 성문 쪽으로 다가오면 지체 없이 맹화유를 퍼부어라!"

거란의 군사들이 공성추를 끌고 성문 앞까지 왔다. 이때, 고려의 병사들 여럿이서 뜨겁게 불타오르는 기름을 성 아래로 동시에 쏟아 부었다. 맹화유를 뒤집어쓴 공성추는 어느새 불길에 휩싸였다.

"으악! 아아악!"

공성추의 지붕 아래에 있던 거란군들이 비명을 질러댔다. 뜨겁게 타오르는 불기름이 나무 지붕을 집어삼켰다. 그 아래에 숨어 있던 거란군은 금세 불벼락을 맞아 산 채로 숯덩이가 되어 갔다. 나무 타는 냄새와 살이 타는 냄새가 뒤섞여 천지를 진동했다. 거란군은 동료의 시체를 넘고 넘어 공격을 했으며, 흥화진을 향해 쉴 새 없이 불화살을 날렸다. 또한, 투석기로 무거운 돌덩이를 날려 성벽을 파괴하려 들었다.

"불화살을 쏘아라!"

양규가 또다시 명령을 내렸다. 병사들이 성 아래의 거란군을 향해 불화살을 날렸다. 동시에, 투석기를 쏘았다. 커다란 돌덩이가 거란군을 덮쳐 아수라장을 만들었다. 적들은 성을 무너뜨리기 위해 야차같이 덤벼들었다. 하지만 양규를 비롯한 용사들은 거란군의 거센 공격을 막으며 결사적으로 항전했다. 흥화진은 난공불락 그 자체였다.

그날 저녁, 군사를 이끌고 통주에 가 있던 통군사 최사위가 휘하 장수들을 모아 놓고 긴급 작전회의를 가졌다.

"우리는 부대를 셋으로 나누어 귀주 내륙 쪽으로 우회하여 적의 측면을 공격할 것이다. 제1군은 귀주 북쪽의 육돈도, 제2군은 탕정도, 제3군은 서성도 쪽으로 진군하여 세 곳에서 동시에 거란군을 격퇴하라!"

"알겠습니다."

다음 날, 통군사 최사위는 즉시 부하들을 이끌고 성문을 나가 기습 작전을 펼쳐 시작했다. 세 명의 용맹한 장수들에게 각각 기마병 1천 명씩으로 이루어진 돌격대를 꾸리게 한 다음, 동시에 세 곳을 요격했다. 이 작전은 처음에는 먹히는 듯했다. 뜻밖의 기습을 받은 거란의 측면이 무너지면서 적들이 우왕좌왕했다. 그 틈을 타서 적의 측면을 교란하며 타격을 가해 많은 거란병을 베는 데 성공했다.

하지만 거란군은 유목민 특유의 전술을 구사하는 데 능했다. 그들이 재빨리 흩어졌다가 되돌아와 역습을 가하자, 어느새 고려군은 거란군의 포위망에 갇히고 말았다. 미처 전열을 가다듬기도 전에 거란군이 사방에서 에워쌌다. 그들은 사냥감을 노리는 맹수처럼 맹렬하게 쫓아가며 공격했다. 기습작전을 벌였던 고려군은 오히려 거란의 되치기 한판으로 역습을 당했다. 궁지에 놓인 최사위와 휘하 장수들은 적의 포위망을 간신히 뚫고 통주로 되돌아왔다. 이후로도 거란군과 몇 번의 교전을 했으나 그때마다 고전을 면치 못했다.

거란 진영에서는 한껏 들뜬 분위기였다.

"고려군이 강하다고 하더니 별것 아니구나! 하하하."

야율융서는 최사위의 별동대를 물리치고 나니 고려가

하잘것없게 여겨져 크게 웃었다.

"폐하! 승기를 잡으셨으니 더욱 밀어붙이셔야 하옵니다."

"암, 그래야지. 이제 흥화진을 손아귀에 넣을 차례다!"

야율융서의 명을 받은 소배압은 흥화진을 무너뜨리기 위해 이레 동안 공격을 퍼부었다. 하지만 흥화진은 끄떡도 하지 않고 버텼다. 야율융서는 공세에서 회유로 작전을 바꿨다. 압록강을 넘어올 때 붙잡은 고려인 포로에게 편지를 주며 흥화진에 전달하게 했다.

"짐은 역적 강조의 죄를 물으러 왔다. 강조를 넘겨준다면 우리는 즉시 회군할 것이다. 만약 짐의 말을 어긴다면 개경을 함락하여 너희 가족들을 모조리 죽일 것이다."

양규는 이 편지를 받은 뒤 아무런 답변도 하지 않았다. 야율융서는 항복할 것을 권하는 두 번째 편지를 써서 화살에 매달아 흥화진 성을 향해 쏘았다. 이에 대해 흥화진 부사 이수화 명의의 답장이 건너갔다.

"폐하께서 자중하여 회군하신다면 고려 군사들의 마음을 얻을 것입니다."

거란군의 철수를 정중히 요청하는 글이었다.

"글의 내용만 공손했지 도무지 굽힐 줄을 모르는구나."

코웃음을 친 야율융서는 세 번째 편지를 썼다.

"그대들이 바친 표문에는 대국에 대한 존중심이 보이지 않는다. 짐에게 엎드리면 용서해 주겠다는데 어찌 이리 답답한가?"

야율융서는 홍화진의 장병들에게 거란에 귀순할 것을 종용하면서 값비싼 비단, 은그릇 따위의 선물을 보냈다. 이번에는 양규가 피를 토하는 심정으로 뱉어낸 말을 이수화가 편지에 옮겨 담아 세 번째 답장을 보냈다.

"거란의 성종은 똑똑히 보아라! 우리 홍화진의 모든 전사가 너희와 싸워, 뼈가 한 줌의 재가 되고 몸이 가루가 되어 으스러질 때까지 성을 지켜서 대고려의 영광을 드러낼 것이다."

홍화진의 모든 장병과 백성이 한마음으로 성을 지킬 것이라는 결의의 뜻이었다.

"이따위 편지로 짐을 능멸하다니! 기개는 가상하지만 참으로 괘씸하기 짝이 없도다! 짐이 반드시 홍화진을 함락해 너희를 잘근잘근 씹어먹으리라!"

편지를 받아 본 야율융서는 분통을 터뜨리며 몸을 부르르 떨었다. 세 차례의 겁박과 회유에도 흥화진의 지휘부가 끄떡하지 않고 버티는 모습을 보이자, 한편으로는 그곳을 지키는 장수가 누구인지 몹시 궁금해졌다.

이때 소배압이 야율융서에게 전황 보고를 했다.

"폐하! 강조의 주력군이 통주에 와 있사옵니다."

"통주 어디쯤인가?"

"통주 근처의 삼수채라는 곳이옵니다."

"고려의 주력군 수는 얼마인가?"

"30만으로 알고 있사옵니다."

"그곳은 산악지대인가, 평야지대인가?"

"평야지대이옵니다."

야율융서는 소배압의 보고를 받은 뒤, 이쯤에서 흥화진을 내버려 두고 강조를 치기로 마음먹었다.

"그래? 강조가 스스로 무덤을 파고 들어갔구나. 그렇다면 우리 거란의 기마병이 전투하기에는 딱 알맞은 곳이로군. 도통은 즉시 삼수채로 진격할 채비를 갖추라!"

"예, 폐하!"

"무로대에 20만의 군사를 남겨두어 흥화진을 감시하도록 하라. 짐이 20만의 군사를 동원해 역적 강조의 무리를 섬멸하리라!"

"옛!"

음력 11월 23일, 야율융서의 지시에 따라 거란군은 흥화진에 대한 포위망을 풀고 20만 명의 군사를 흥화진 인근의 무로대(지금의 의주)에 주둔시켰다. 황실 친위대를 거느린 야율융서는 도통 소배압을 앞세워 통주로 향했다. 20만 대군이 행렬하는 소리가 지축을 뒤흔들었다.

통주 전투

　　30만의 병력을 거느린 강조는 군사를 세 곳으로 나누어 강을 사이에 두고 진영을 꾸렸다. 우군은 통주성에 바짝 붙여 거란군의 진입을 막았고 좌군은 통주 근교의 산을 등지고 군영을 세웠다. 강조가 이끄는 주력군인 중군은 삼수채에 주둔시켰다. 청강의 지류 셋이 합쳐지는 합수목이었다. 그곳은 가을까지는 무르고 질척한 곳이었지만 한겨울에는 그 일대가 얼어붙은 평원으로 바뀌었다. 강 주변의 언덕진 곳이 천연 방벽 구실을 해주었기에 매우 훌륭한 병력 배치였다.

　　고려는 이미 거란의 기병에 맞설 만한 신무기를 개발해

놓은 상태였다. 수레에 크고 튼튼한 방패를 세 겹으로 설치하고, 그 아래에 날카로운 창과 칼을 촘촘하게 꽂은 검차였다. 방패에는 크고 무서운 호랑이 문양을 새겨놓아 말들을 놀라게 했다. 강조의 중군은 수많은 검차를 일렬로 배치해 거란의 기마병을 막아낼 채비를 갖췄다.

11월 24일, 소배압이 명을 내렸다.

"돌격! 고려군을 쓸어 버려라!"

거란의 기마병들이 거침없이 달려왔다. 그러나 그들을 기다리는 것은 성벽처럼 단단히 맞물려 있는 고려의 검차진이었다. 거란의 기마병은 검차진 앞에서 주춤거렸다. 방패에 새겨진 호랑이 문양을 발견한 말이 놀라서 앞발을 치켜들자, 기병은 중심을 잃고 땅바닥에 내동댕이쳐졌다. 뒤따라오던 기병은 달려오는 속도를 이기지 못하고 그대로 돌진하다가 창칼에 찔리고 말았다. 맨 앞의 기병들이 곤두박질을 치자, 그 뒤를 쫓아오던 기병들도 무더기로 겹치면서 쓰러졌다. 송나라를 초토화했던 천하무적의 거란 기병들이 고려의 검차진 앞에서 추풍낙엽처럼 쓰러지고 있었다.

"이때다! 공격하라!"

강조의 명이 떨어지자, 고려의 병사들은 검차로 진을 친 다음 검차로 밀어붙였다. 중군이 일시에 밀고 나가자 검차의 창칼이 엉망으로 뒤엉킨 거란군의 몸을 산적처럼 꿰뚫어 버렸다. 조금이라도 빠져나가는 자가 있으면 고려 병사가 칼을 휘둘러 목을 베었다. 거란군은 전면에 배치된 고려의 검차진 앞에서 연전연패했다. 산과 하천을 등지고 요소요소마다 검차를 배치해 놓은 것은 묘수 중의 묘수였다. 거란군은 좁다란 길로 올 수밖에 없었고, 그때마다 검차진을 맞닥뜨려야 해서 진퇴양난이었다.

"물러서지 마라!"

소배압이 제아무리 호통을 치며 병사들을 다그쳐도 공격은 번번이 실패하고 말았다. 삼수채의 얼어붙은 평원은 거란군의 시체로 가득 찼다.

강조는 자신의 주력군인 중군이 검차를 앞세워 매번 승리하자 점차 느긋해졌다. 거란군이 여러 차례 패배해 물러나자 적을 얕보는 마음마저 생겼다. 그는 전투를 휘하 장수들에게 맡겨 놓고 부하들과 바둑 두는 데만 정신을 팔고 있었다.

그 시각, 삼수채 앞에서는 도통 소배압이 불같이 화를 내며 야율분노를 다그쳤다.

"대 거란이 이대로 물러설 수는 없다. 선봉장! 당장 비상 수단을 써라!"

"예, 도통! 중장갑병을 이끌고 후방을 뚫어 보겠습니다!"

선봉장인 마군태보 야율분노는 곧 우피실군 상온 야율적노와 동경유수 야율홍고를 거느리고 돌격대를 꾸렸다. 돌격대는 중장갑으로 무장한 보병들이었다. 수백 명으로 이루어진 중장갑 보병들은 선봉장의 지시가 떨어지자마자 상대적으로 방어가 허술한 곳을 노리며 뛰어갔다.

"바로 저기다!"

야율분노가 손으로 가리킨 곳은 삼수 쪽의 진영이었다. 강조가 머무는 군영이 있는 곳이었다. 후방인 그곳에도 검차가 있었지만 의외로 경계가 삼엄하지 않았다.

"공격!"

야율분노의 지시를 받은 돌격대가 검차를 향해 무섭게

돌진했다. 날카로운 창칼에 몸이 찢기면서도 아랑곳하지 않고 검차를 뛰어넘으려 이를 악무는 그들의 모습은 피칠갑을 한 악귀처럼 보였다.

마침내 거란의 돌격대가 검차를 타고 넘어갔다. 그들은 땅바닥에 착지하자마자 검차의 몸체를 붙잡고 있던 고려 병사들을 도륙한 뒤 길을 텄다. 돌격대가 검차 몇 개를 제압한 뒤 길을 터주자 거란 병사들이 물밀듯이 밀고 들어왔다.

별안간 비명이 들리고 아우성과 고함, 욕설이 섞여서 들렸다. 그러나 강조는 그저 아군과 거란군이 싸우는 소리이겠거니 하면서 바둑판만 들여다보았다. 강조가 다음 수를 생각하고 있을 때, 군막 밖은 창칼 부딪치는 소리와 어지러운 발소리까지 더해져 몹시 어수선해졌다.

"밖이 왜 이리 소란한가?"

군영 안에서 바둑알을 막 집어 들고 있던 강조가 소리쳤다.

"도통! 거란 병사들이 검차진 안으로 돌진해 오고 있습니다!"

부하가 다급한 목소리로 보고했다. 강조는 태연한 얼굴로 말했다.

"놈들이 많으면 많을수록 잡도리하는 맛이 더하지! 더 들어오라고 해!"

강조는 소수의 돌격대가 들어와 소란을 피우는 줄 알고 바둑판만 응시했다. 잠시 후, 다른 병사가 급히 뛰어 들어와 보고했다.

"큰일 났습니다. 수많은 거란군이 우리 진영 안으로 진격해 오고 있습니다!"

"그게 정말이냐?"

강조가 벌떡 일어나 반문했다. 그 말이 끝나기도 전에 거란의 중장갑 돌격대가 군영 안에 들이닥쳤다. 야율적노와 야율홍고가 벼락같이 달려와 강조의 머리와 어깨를 몽둥이로 내려쳤다. 반격할 시간조차 없었다.

"어억!"

강조는 피를 흘리며 바둑판과 함께 거꾸러졌다.

"묶어라!"

뒤따라온 야율분노가 짧게 내뱉었다.

"옛!"

부하들이 양털 담요로 강조를 둘둘 말아 결박한 다음 말에 실었다. 강조가 잡히자 행영도통부사 이현운은 망연자실한 표정으로 서 있다가 돌격대에게 사로잡혔다. 장수가 포박되자 이현운이 이끌던 부대는 구심점을 잃어 버렸다. 부대 전체가 이리저리 헤매다가 제대로 싸워 보지도 못하고 거란군에게 도륙당하고 말았다.

반면에 행영도병마부사 노정, 사재승 서숭 등은 거란의 돌격대와 격렬히 싸우다 전사했다. 거란군은 강조, 이현운, 행영도통관관 노전을 비롯해 감찰어사 노의, 양경, 이성좌 등을 사로잡아 모두 끌고 갔다.

'목표를 이루었다!'

선봉장 야율분노가 한쪽 입꼬리를 올리며 소리 없이 웃더니 부하들에게 명령을 내렸다.

"강조를 잡았으니, 이제 나가서 마음껏 고려군을 박살내라!"

"알겠습니다!"

중장갑 돌격대가 군례를 올린 뒤 신속히 움직였다. 그

들은 강조의 군영을 비롯해 여러 막사를 마구 부순 뒤 고려군을 향해 미친 듯이 달려갔다. 행영도통사 강조가 잡혀가는 것을 본 고려군은 종횡무진 칼춤을 추는 거란군의 공세를 막아내지 못하고 순식간에 방어선이 뚫렸다.

강조가 이끌던 고려의 본진이 패배하면서 사태는 걷잡을 수 없이 악화되었다. 거란군의 거침없는 공격에 고려군은 사분오열되었다. 통주성 쪽에 주둔하고 있던 우군은 재빨리 통주성 안으로 들어가 화를 면했다. 해안에 주둔하고 있던 좌군은 척후병이 전한 본진 패배 소식을 듣고 후방으로 화급히 후퇴했다.

거란의 돌격대가 전후방을 휘젓고 다니면서 고려군을 공격할 때, 소배압이 이끄는 본대가 합류했다. 이때부터 어마어마한 살육전이 벌어졌다. 도통 강조를 잃고 우왕좌왕하던 고려의 중군은 평지를 따라 곽주 쪽으로 도망가기 시작했다. 고려군은 공포에 사로잡힌 채 쫓기다가 서로 밟히고 부딪치고 넘어졌다. 그 뒤를 거란의 기마병이 바람처럼 빠르게 달려갔다.

"고려군을 보는 족족 죽여라!"

우피실군 상온 야율적노가 화통을 삶아 먹은 목소리로 외쳤다. 그는 이미 승리를 확신하고 있었다. 야율적노가 이끄는 6만 명의 기마병은 거란군의 최정에 철기병이었고 악명 높기로 유명했다. 야율적노의 명이 떨어지자 철기병들이 수십 리를 추격해 고려군 3만여 명의 목을 베었다. 길바닥은 고려군의 시체로 가득 찼다. 피비린내가 진동하는 가운데 버려진 군량미며 투구와 도검, 방패 등 주인을 잃은 병장기들이 산더미처럼 쌓여 있었다. 하늘에는 까마귀 떼가 가득 날아다녔다. 고려 본진을 물리친 거란군은 후퇴하는 중군의 잔류 병력과 좌군을 계속 추격했다.

"우리는 여기서 거란군을 기필코 막아야 한다! 적을 격퇴해야만 후퇴하는 아군을 보호할 수 있다.!"

통주에서 곽주로 가려면 반드시 거쳐야 하는 곳이 있었다. 완항령이라는 큰 고개였다. 이곳을 지키고 있던 좌우기군의 김훈 장군이 큰 소리로 말했다. 이곳에서는 김훈 장군 외에도 김계부, 이원, 신영한 등 좌우기군의 장군들이 모두 칼을 뽑아 들고 거란군이 오기를 기다렸다. 완항

175

령의 수풀 사이에는 지휘관의 명령을 기다리는 결사대가 매복하고 있었다. 이들은 고려군에서도 가장 뛰어난 정예 병력이었다. 한곳에 머물지 않고 유격전을 벌이는 것이 이들의 임무였다.

이윽고, 거란 기병이 고갯마루에 들어서자 결사대가 번개같이 뛰쳐나가서 단병접전을 벌였다. 고려군의 기습 공격에 허를 찔린 거란군이 여기저기서 쓰러졌다. 접전이 치열해질수록 거란군의 사상자는 늘어만 갔다. 예상치 못한 급습을 받아 전열이 흐트러진 거란군은 말을 되돌려 퇴각했다. 결사대가 완항령에서 거란군을 막아낸 덕분에 중군과 우군의 잔류 병력은 큰 화를 당하지 않고 후방으로 돌아가 다음의 결전을 준비했다. 좌우기군 신영한은 자신의 휘하 병력을 데리고 곽주성으로 들어갔다.

거란 진영에서는 강조에 대한 심문을 진행했다. 부하들에게 강조와 이현운 등의 결박을 풀어주라고 명한 다음 야율융서가 말했다.

"나의 신하가 되겠느냐?"

그 무렵 거란은 한족이건 발해인이건 고려인이건 능력

만 있다면 우대하는 정책을 펴고 있었다. 그러나 강조는 단호하게 거절했다.

"나는 고려인이다. 어찌 너의 신하가 되겠느냐?"

강조의 지략과 용맹함을 아까워하던 야율융서가 거듭 신하가 되기를 종용했지만 강조는 듣지 않았다.

"네가 얼마나 버티는지 두고 보자!"

야율융서가 눈짓을 하자 부하가 칼로 강조의 살을 저몄다. 강조는 생살이 찢기는 고통을 참으며 큰 소리로 말했다.

"나는 끝까지 고려의 신하로 죽을 것이다!"

강조가 말을 듣지 않자, 야율융서의 옆에 있던 이현운에게 신하가 되겠느냐고 물었다.

"제 두 눈으로 이미 해와 달을 보았사옵니다. 이제부터 한마음으로 폐하를 섬기겠나이다."

이현운은 입속의 혀처럼 굴며 허리를 굽신거렸다. 이에 화가 난 강조가 이현운을 발로 걷어차며 큰 소리로 꾸짖었다.

"네 이놈! 네가 고려 사람이면서 어찌 그런 말을 하느나?"

야율융서는 강조의 충성심과 강직함을 아까워하면서도 부하를 시켜 그를 처형했다. 강조는 끝내 절의를 지켜 고려의 충신으로서 최후를 맞이했다.

5장

떠오르는 용장들

"여봐라! 강조가 쓴 것처럼 위장해 홍화진에 편지를 보내라! 마전! 너는 포로와 함께 통주성으로 가서 항복을 권해라!"

"예, 폐하!"

야율융서의 명에 따라 항복을 권하는 편지가 작성되어 홍화진에 전해졌다. 편지를 전달받은 양규가 단호한 어조로 말했다.

"강조가 이런 편지를 썼을 리가 없다. 설령 썼다 해도, 나는 우리 황제의 명으로 이곳을 지키고 있는 것이다. 나는 강조의 명을 듣지 않을 것이다!"

홍화진에 대한 거란의 회유와 겁박은 실패로 돌아갔다.

비슷한 시각, 거란의 관리 마전이 삼수채에서 사로잡은 행영도통판관 노전을 데리고 통주성으로 갔다. 통주의 관리를 만나 항복을 권하니 성안에 있던 사람들이 모두 두려워했다. 중랑장 최질과 이홍숙이 나서서 항전을 주장했다. 방어사 이원귀, 부사 최탁도 항전하겠다는 뜻을 밝혔다. 통주성의 지휘관들은 거란 관리 마전과 노전을 가두고 결사 항전할 것을 결의했다.

홍화진과 통주성이 성문을 닫아걸고 임전 태세를 갖추자 거란군은 통주성을 내버려두고 곽주로 진격했다. 거란군이 공격해오자 곽주성의 방어사 조성유는 밤중에 성을 버리고 도망을 가버렸다. 조 방어사는 줄행랑을 쳤지만 신영한 장군이 병사들을 독려하면서 거란군과 싸웠다. 거란의 20만 병력의 절반이 달라붙어 공성전을 벌이자 곽주의 고려 군사들도 점차 힘을 잃어 갔다. 결국 치열한 접전 끝에 곽주성이 끝내 함락되고 말았다. 이 전투에서 용맹하게 싸운 여러 장수와 함께 좌우기군 신영한 장군이 전사했다.

소배압은 거란 병사 6천 명을 곽주성에 남겨두어 지키게 한 뒤 안북부를 향해 남하했다. 거란군의 거침없는 진격 소식에 잔뜩 겁을 집어먹은 안북부도호사 박섬 또한 혼자만 살겠다고 도주해 버렸다. 그러자 성안의 관료들과 백성들마저 뿔뿔이 흩어지고 말았다. 거란군은 비어 있는 안북부를 차지한 뒤 남쪽의 숙주까지 손에 넣었다.

야율융서는 쾌재를 불렀다. 오랜 세월 동안 어머니인 승천황태후의 섭정을 받아 오다 비로소 친히 고려 정벌에 나선 일을 매우 자랑스럽게 여겼다. 이제야말로 제국의 위대한 황제로서의 위엄을 떨치게 되었다며 자못 흥분을 가라앉히지 못했다. 야율융서는 합문인진사 한기를 불러 명령했다.

"숙주에서 서경은 코앞이다! 이제 서경을 쳐야겠다! 그런 뒤 개경을 함락해 고려 왕을 내 눈앞에서 무릎 꿇게 하리라. 한기! 너에게 기병 200기를 줄 테니 즉시 서경으로 가서 항복을 받아내라!"

"존명!"

한기는 중무장한 기병 200기를 이끌고 서경 북문 앞으로 가서 큰 소리로 외쳤다.

"성문을 열어라!"

그러자, 거짓말처럼 성문이 열렸다. 그런데 항복하려고 나온 차림새가 아니었다. 철봉을 든 중랑장 지채문이 말을 타고 나왔다. 그는 중장갑 기병을 거느리고 있었다. 지채문 장군은 한기를 향해 벼락같이 달려오더니 철봉을 휘둘렀다. 한기는 일합도 겨루지 못하고 철봉에 머리가 날아갔다.

"쳐라!"

지채문이 외치자 고려의 중장갑 기병들이 질풍처럼 질주했다. 창칼이 부딪쳐 불꽃이 튀었다. 말들이 회전하면서 흙먼지가 하늘 높이 날아올랐다. 한참 동안의 드잡이 끝에 고려의 중장갑 기병이 한기의 기병 100기를 모두 죽였다. 나머지 100기는 포로로 잡아 서경성 안으로 끌고 갔다.

지채문은 이후 야율융서가 보낸 태자태사 을름의 기병 1천 기를 서경 근처에서 격파했다. 그런 다음, 서경 안에 들어와 있던 좌우기군의 이원 장군, 승병장 법언과 함께 성문을 나섰다. 지채문 일행은 9천여 병력을 거느리고 거란군을 요격하기 위해 북진하던 끝에 임원역에서 남진을 하고 있던 거란군과 싸워 3천여 명을 몰살시켰다. 용맹하게 싸우던 법언은 이 전투에서 전사했다.

이튿날, 거란군이 서경성을 향해 몰려왔다. 이에 지채문 장군이 군사를 거느리고 성문 밖으로 나가 적을 물리쳤다. 거란군은 퇴각하기에 바빴다. 지채문은 군사들을 독려하며 거란군이 후퇴한 동쪽 방면으로 추격했다.

대동강의 여울인 마탄에 이르렀을 때, 쫓겨가기 급급하던 거란군이 방향을 바꾸어 고려군을 향해 무서운 속도로 돌진해왔다. 갑작스럽게 역습을 당한 지채문과 군사들의 전열이 흐트러졌다. 거란군이 그 틈을 놓치지 않고 맹렬하게 공격했다. 치고 빠지기, 도망갔다가 백팔십도 회전하여 역공하기는 속도전에 능한 거란군 특유의 전술 가운데 하나였다.

이 전술에 말려든 고려군은 결국 마탄 전투에서 크게 패해 도망치는 신세가 되었다. 거란군이 서경 근처의 길목을 막고 추격하자, 지채문은 군사들과 함께 남쪽으로 쫓기다가 개경성으로 들어갔다.

"지채문이라 했던가? 그놈이 안 보이니 속이 다 후련하구나. 자, 서경성을 해치우자!"

야율홍고가 칼을 치켜들며 외쳤다. 거란 병사들이 괴성을 지르면서 서경성을 포위하기 시작했다. 거란군이 병장기를 두드리며 겹겹이 에워싸는 모습은 공포 그 자체였다. 성안에 있던 백성들은 하얗게 질렸고 관리들과 군인들의 마음도 요동쳤다.

그때 성벽에서 적들의 동태를 살피던 동북계도순검사 탁사정이 장군 대도수에게 한 가지 제안을 했다.

"지금 서경성 서쪽의 절에 거란주가 군사들과 함께 숙영을 하고 있소. 오늘 밤 그대가 동문으로 나가고 내가 서문으로 나가서 우리 둘이 힘을 합쳐 싸우면 반드시 이길 것이오. 함께 하시겠소?"

얼마 전, 거란군이 사찰에 진입한 뒤부터 황제의 깃발이 요란하게 나부끼기 시작했다. 그때부터 사찰에 야율 융서가 주둔하고 있다는 것을 성안의 모든 사람이 알게 되었다. 탁사정은 대도수와 힘을 합쳐 야율융서를 치자고 제안한 것이다.

"좋소!"

대도수는 쾌히 응낙했다. 발해의 황족으로서 고려에 귀순한 뒤에도 혁혁한 전과를 많이 올렸던 그는 불퇴전의 용사였다. 밤이 되자, 대도수 장군은 곧장 부하들을 이끌고 동문으로 빠져나갔다.

"공격하라!"

대도수는 눈앞의 거란 군사들을 하나씩 베어 나갔다. 대도수의 용맹한 모습에 용기를 얻은 휘하 장수들도 거란군을 향해 거침없이 돌진했다. 하지만 막상 서문으로 출정하겠다던 탁사정은 대도수가 거란군과 맞서 싸울 때, 슬그머니 빠져나가 동쪽으로 줄행랑을 치고 말았다. 처음부터 도망갈 생각으로 대도수를 기만했던 것이다.

도순검사 탁사정은 도주했고, 대도수 장군은 탁사정의 배신으로 야간 기습에 실패한 뒤 거란군에 포로로 잡혔다. 이로 인해 서경성의 지휘부가 사라지자 거란군은 때를 놓칠 수 없다는 듯이 공세를 더욱 강화했다.

성안에서 긴급회의가 열렸다. 통군녹사 조원, 애수진장

강민첨, 낭장 홍협과 방휴 등이 참석한 회의의 분위기는 무거웠다. 먼저 조원이 말문을 열었다.

"동북계도순검사가 야반도주를 한 뒤 성안의 백성들은 모두 불안에 떨고 있소이다. 일당백의 장군들마저 없는 지금, 이곳에는 우리 같은 중간급의 관료들밖에 없다는 게 참으로 공교롭구려."

"서경성 다음은 개경이니, 이제는 이곳이 최후의 보루인 셈이오. 거란 놈들이 서경성을 빙 둘러 포위하면서 밤낮없이 공격을 퍼붓고 있으니 큰일이오. 뭔가 대책을 세워야 하지 않겠소? 거란군의 공격을 막아내려면 도순검사나 중랑장 정도의 지휘관이 있어야 할 텐데, 지금은 성이 포위된 상황이라 그것도 여의치 않고……."

조원 옆에 앉은 강민첨이 침통한 어조로 말했다.

"구원 병력이 올 때까지 비상조치를 취해야 할 것입니다. 저희 같은 하급 관료보다 품계가 높으신 두 분께서 부디 이 서경성을 이끌어 주시기를 간청드립니다."

홍협이 조원과 강민첨을 바라보며 간곡한 어조로 말했다.

"동의하는 바입니다. 두 분 어른께서 서경성의 구심점이 되어주신다면 저희 낭장들이 병사들과 함께 성을 지키는 데 최선을 다하겠습니다."

방휴도 홍협의 말을 거들었다. 그러자 강민첨이 좌중을 돌아보며 말했다.

"나는 통군녹사를 병마사로 천거하고 싶소. 전쟁 중에는 단일한 지휘체계가 필요한 법이오. 그대들의 생각은 어떻소?"

"폐하의 윤허도 받지 않고 어찌 병마사가 될 수 있겠소이까?"

조원이 손사래를 쳤다. 받아들이기 어렵다는 뜻이었다. 그러자 강민첨이 진중하게 설득했다.

"지금은 전시 중이오. 조정에서는 위기 상황에 대처하라고 병마사를 파견한 예가 많았소이다. 그런데 거란군이 온통 서경성을 포위하고 있으니 어찌 중앙 정부에서 최고 지휘관을 보내줄 수 있겠소? 적과 대치하며 고립된 이곳에서는 임기응변이 필요하오. 폐하께 녹군사를 병마사로 임명해 달라고 장계를 써 둘 참이오. 장계를 나중에 보낸다고 해서 죄를 묻지는 않을 것이오."

강민첨의 말이 끝나자, 홍협과 방휴도 그 의견에 동감했다.

"저희도 녹군사 어른께서 서경성의 지휘를 맡으셔야 한다는 데 동의합니다."

"정히 그렇다면, 부족한 이 사람이 그 직을 감당하리다."

이윽고, 통군녹사 조원이 좌중의 의견을 받아들였다. 조원이 서경성의 임시 병마사가 된 뒤, 그의 옆에서 누구보다도 조력을 아끼지 않은 사람은 애수진장 강민첨, 그리고 두 낭장이었다. 그들은 모두 중간 관료들로 구성된 지휘부였지만 단일한 지도 체제를 스스로 수립한 뒤 흩어진 병사들을 끌어모아 서경성 내의 병력을 단단하게 만들어 나갔다.

이후, 거란군이 공격해 올 때마다 성안의 병사들은 물론이고 백성들까지 나서서 수비에 가담하게 되었다. 힘겨운 싸움이었지만 단 한 번도 물러서지 않았고 결코 패배하지도 않았다. 평범한 사람들일지라도 한마음으로 뭉치면 실로 놀라운 힘을 발휘할 수 있다는 것을 서경성이 보여주었다.

이즈음, 홍화진에서는 양규 장군이 7백여 명의 결사대를 결성해 통주성으로 들어갔다. 도순검사 양규가 등장하자 통주성의 관리들과 백성들은 천군만마를 얻은 듯이 기뻐하며 사기가 크게 올랐다. 양규는 여기서 또다시 1천여 명의 병력을 차출하여 모두 1,700여 명의 결사대를 조직했다.

고작 1,700여 명으로 이루어졌지만, 결사대는 오직 기동력과 용맹함만으로 승부를 걸었다.

"오늘 밤에 기습한다!"

양규의 명이 떨어지자 부하들이 빠르게 움직였다. 먼저 돌격대가 수십 명씩 조를 짜서 성곽을 타 넘어가 수비병들을 쥐도 새도 모르게 죽인 뒤 성문을 열었다. 이어서 본대가 열린 성문 안으로 일시에 몰려 들어가 경비병을 모두 제거한 뒤 곽주성을 탈환했다. 이어, 곽주성을 점령 중이던 6천여 명의 거란 병사들을 모조리 죽인 뒤, 성안에 잡혀 있던 7천여 명의 고려 백성을 구해 통주성으로 보냈다. 곽주는 빈 성으로 남겨두었다. 곽주를 거점 삼아 마음껏 고려를 공략하려 했던 거란의 의도는 산산이 깨졌다.

"도대체 누가, 어떻게 해서 우리 거란의 6천 병력을 몰살시키고 곽주성을 무너뜨렸단 말인가?"

야율융서는 곽주성을 고려군에 다시 빼앗겼다는 사실에 극도로 분노했다. 공성전을 하려면 적어도 성내의 군사들보다 서너 배는 더 많아야 한다는 것은 상식이었다. 이는 그동안 송나라와 수많은 전쟁을 치르는 과정에서 경험으로 입증된 사실이기도 했다. 하지만 거란 진영에서는 이 신출귀몰한 부대의 장수가 누구인지, 그 규모가 얼마인지 전혀 모르고 있었다. 그래서 더 속이 탔다.

"우리가 알지 못하는 고려의 숨은 병력이 더 있는지 탐문해 보겠나이다."

야율융서에게 아뢰는 소배압도 답답하기는 마찬가지였다. 그날, 작전회의가 벌어졌다.

"곽주는 이미 잃었으니 인근의 다른 성을 공략하는 게 가할까 아뢰오."

"상황을 조금만 더 지켜보는 게 낫겠사옵니다."

"서경을 더 압박하여 함락해야 하옵니다."

진중에서 여러 의견이 오갔지만 딱히 눈에 띄는 게 없었다. 그때 한 장수가 말했다.

"그냥 개경을 점령하면 어떠하올는지요?"

"개경을? 거, 좋은 생각이다. 당장 개경으로 진군할 것이다!"

그 의견을 야율융서가 받아들이고 진군을 명했다.

"옳으신 판단이옵니다. 개경으로 진격해 고려 왕을 사로잡아서 항복을 받으면 전쟁은 끝나게 되옵니다."

소배압도 동의를 표명했다. 거란의 태조 야율아보기가 발해를 칠 때, 부여부 점령 후 상경용천부로 쳐들어간 지 한 달 만에 발해를 멸망시켰던 일을 떠올린 것이다. 개경 진격의 목표가 생기자, 거란군이 움직이기 시작했다.

항복은 절대 안 됩니다!

거란군은 서경성을 우회하여 남하해 개경 부근까지 진격했다. 거란 본진의 공격이 임박하자, 개경의 궁궐에서는 긴급회의가 열렸다. 그에 앞서, 지채문이 마탄에서 거란군에게 쫓겨 온 과정을 현종에게 상세히 아뢰었다. 대신들의 얼굴이 어두워졌다. 두려움에 사로잡혀 떠는 자들도 있었다. 그들은 더 이상의 항전은 무의미하다며 한결같이 항복만을 주장했다.

"폐하! 지금 당장 항복해야 하옵니다. 지금은 그것만이 고려 강토와 백성들이 더 이상 유린당하지 않고 국체를 보존하는 길이옵니다."

"폐하! 통촉하여 주시옵소서."

"통촉하여 주시옵소서."

항복하자고 하는 대신들의 목소리가 유난히 크게 들렸다. 맞서 싸우자는 대신들은 하나도 없었다. 바로 그때, 거친 쇳소리 같은 목소리가 울려 퍼졌다.

"항복해서는 안 됩니다!"

신하들이 목소리의 주인공을 찾아 고개를 돌렸다. 만조백관 사이에서 예부시랑 강감찬이 앞으로 나서며 현종을 우러러보며 말했다. 그는 예순세 살의 나이답지 않게 다부져 보였고 눈빛이 쏘는 듯했다.

"폐하! 지금은 적의 군세가 맹렬하오니, 일단 피하셨다가 반격할 기회를 도모해야 하옵니다."

"그게 무슨 말이오? 자세히 말해 보시오."

현종이 강감찬을 쳐다보며 물었다.

"예, 폐하. 거란의 정예 병력이 북쪽의 여러 성을 그냥 지나쳐 개경 근처까지 한달음에 달려왔으니, 그들은 필시 빠른 기병을 앞세워 며칠 내로 황성에 들이닥칠 것이옵니다. 우리 군사들의 태반이 북쪽에 있사오니, 공성전으로 막기에는 역부족이옵니다. 그들이 도성을 함락하면 폐하의 안위가 보장될 수 없사옵니다. 그렇게 되면 우리 고려가 망국의 길로 치달을 수도 있사옵니다. 하지만 폐하께서 속히 남쪽으로 몽진을 떠나신다면, 그래서 조금이라도 시간을 벌어볼 수가 있다면 기필코 거란군을 물리칠 방도를 찾아보겠사옵니다."

강감찬의 말이 끝나자, 대신 한 사람이 떨리는 어조로 반대 의사를 표출했다.

"폐하! 예부시랑의 말은 너무도 위험한 발상이옵니다. 거란의 황제가 최정예 병력을 이끌고 직접 거병한 것은 처음 있는 일이 아니옵니까? 강조가 통주성 앞 삼수채에서 대패했고, 지금은 이미 개경의 코앞에 진을 치고 있사옵니다. 이대로 있다가는 황성이 무너지는 것은 시간 문제이옵니다. 속히 거란에 항복 문서를 전하고 옥체를 보전하소서."

그때, 현종이 그 신하를 손짓으로 제지한 뒤 강감찬을 바라보며 질문을 던졌다.

"짐이 몽진한다면, 정말 우리 군사들이 거란군과 맞서

싸울 만하겠소?"

현종은 평소에도 강감찬의 학식과 식견을 높게 여겼기에 그를 깊이 신뢰해 왔지만, 상황이 워낙 급박하다 보니 일말의 가능성에 대해 거듭 묻지 않을 수가 없었다. 강감찬은 당당한 어조로 소신 있게 말했다.

"능히 맞서 싸울 만하옵니다. 우리 고려는 이미 소손녕의 침입 이후 꾸준히 거란의 재침에 대비해 병력을 늘리고 군대를 조련해 왔사옵니다. 더구나 17년 전 서희 병관어사가 소손녕과의 담판 끝에 획득해놓은 강동육주가 있지 않사옵니까? 흥화, 용주, 통주, 철주, 귀주, 곽주는 이제 고려의 든든한 보루로 자리 잡았사옵니다. 또한, 북쪽에는 아직 서북면과 동북면의 군사들이 여전히 건재하오니, 거란과 한번 싸워 볼 만하옵니다."

"정말 희망을 걸어도 되겠소?"

"그렇사옵니다. 폐하께서 남쪽으로 몽진을 떠나시면, 저희 신하들과 장수들이 무슨 수를 써서라도 거란의 병사들을 물리칠 방도를 찾아내고야 말겠사옵니다."

강감찬은 목소리를 높여 항전의 의지를 다시 한번 피

력했다.

"좋소. 짐은 곧 개경을 떠나 남쪽으로 몽진하겠소. 짐이 환궁할 때까지 반드시 거란군을 막아내기를 바라오."

이날 어전회의가 파하자, 대소 신료들은 불안한 기색을 감추지 못했다. 하지만 황제의 뜻이 정해졌으니 몽진을 서두를 수밖에 없었다.

12월 28일, 현종은 강감찬의 제안을 받아들여 도성을 떠나 남쪽으로 출발했다. 이때 중랑장 지채문이 호위에 나섰다. 이부시랑 채충순 등 젊은 관료들과 50여 명의 금군도 현종과 두 황후의 남행을 호종했다. 그로부터 나흘 만인 1011년 1월 1일 개경이 함락되었다. 야율융서는 현종을 생포하지 못했기에 분노가 치솟아 고려의 도성을 불태워 버렸다. 궁궐은 며칠 동안이나 활활 타올랐다. 이때 고려의 모든 황실 문서가 불태워졌다. 불길이 꺼진 뒤에는 시커먼 잿더미만 남았고, 궐 터에는 주춧돌로 쓰인 돌덩이들만 덩그러니 놓여 있었다.

현종은 천안, 공주를 거쳐 전라도 나주까지 몽진했다. 나주는 태조 왕건의 두 번째 부인인 오씨의 본향이었다.

고려 황실에서는 나주를 어향(御鄕), 임금의 고향이라고 불렀다. 2대 황제 혜종의 외가가 나주에 있었던 것이다. 황제의 피난길은 그야말로 고난의 길이었다. 황제는 남쪽으로 내려가다가 도둑 떼를 만나 짐 보따리를 빼앗기는 황망한 일을 겪었다. 호족 세력들에게 쫓기는 일도 있었다. 그들은 황제를 체포해 거란에 넘기려고 자객을 보냈다. 이때, 황제를 호위하고 있던 지채문 장군이 자객들을 모두 격퇴했다. 하지만 그 후로도 몇 번이나 죽을 고비를 넘겨야 했다. 현종은 이제 두 황후를 지키는 것만도 벅차기 그지없었다.

"그대들이 나와 함께 가면 위험하기 짝이 없구려. 미안하오만 친정으로 가 있으시오."

현종은 함께 데리고 가던 황후들의 안전이 염려된 나머지 이렇게 얘기했다. 시중을 들 몇 사람만 딸려서 황후들을 보낼 때, 현종의 눈에서는 저절로 눈물이 나왔다.

북방의 별들

현종은 도읍지인 개경이 함락되는 참담함 속에서도 계속 사람을 보내어 거란과의 협상을 시도했다. 황제가 피난을 떠나 양주 부근까지 이르렀을 때 반가운 두 사람을 만났다. 남쪽으로 내려간 상서좌사낭중(尙書左司郎中) 하공진과 호부원외랑 고영기였다. 그들이 20여 명의 군사를 거느리고 현종 앞에 나타나서 아뢰었다.

"폐하! 거란이 고려를 침략한 것은 강조의 반역 행위를 처벌하기 위한 것이옵니다. 그들이 강조를 처형했으니 침략의 명분도, 더 이상 우리를 공격할 이유도 사라졌사옵니다. 소신을 보내주시면 제가 거란의 황제와 협상하겠사옵니다."

이 말을 들은 현종은 목이 메었다. 그의 갸륵한 뜻이 고맙기도 했지만, 사신으로 떠나보내면 그 안위를 장담할 수 없었기 때문이었다.

"공을 보내면 그 뒤의 일이 어찌 될는지, 심히 참담하구려. 부디 살아서 돌아오기만 바랄 뿐이오."

"황은이 망극하옵니다."

현종은 결국 하공진을 거란 진중에 사신으로 보냈다. 하공진은 곧 북쪽으로 거슬러 올라가다가 거란군 선봉장을 만났다. 그가 하공진과 고영기를 야율융서의 앞으로 데리고 갔다.

"신 고려국 하공진, 폐하를 알현하나이다."

"짐을 막아선 까닭이 무엇이냐?"

야율융서가 턱을 치켜들며 물었다. 하공진은 공손하게 본론을 꺼내었다.

"저희 국왕께서는 폐하께 와서 직접 뵙기를 원했으나 군사의 위세를 두려워하셨고, 또 국내의 어려운 사정 때문에 강남으로 피난 가셨사옵니다. 속히 군사를 거두어

주소서."

그러자 야율융서가 말했다.

"지금 너희 국왕은 어디 있느냐?"

하공진이 답했다.

"지금 강남으로 가고 계시온데, 계신 곳은 알지 못하옵니다."

개경이 수도였기에, 강남은 예성강 남쪽을 뜻했다. 바로 이때, 몽진 중이던 현종 일행과 거란군 간의 거리가 겨우 10여 리에 지나지 않았다. 날랜 기병으로 추격하면 반나절도 안 되어 덜미를 잡힐 정도의 지척이었다. 삐끗하면 나라의 운명이 나락으로 떨어질 수도 있는 절체절명의 순간, 하공진은 내색하지 않고 적당히 둘러댄 것이었다.

그러자 야율융서가 거듭 물었다.

"강남이 여기서 먼가, 가까운가?"

"강남은 너무 멀어서 몇만 리인지 알 수 없사옵니다."

야율융서는 깊은 생각에 잠겼다. 친히 정예병을 끌고 온 처지에서, 고려 국왕이 몇만 리 떨어져 있는지도 모를 먼 곳으로 피난 갔다고 하니 사뭇 난감해진 것이다. 고려

국왕을 사로잡으려면 계속 전쟁을 벌여야 했다. 그것도 부담스러웠다.

야율융서는 이쯤에서 잠시 하공진을 기다리게 한 뒤, 백전노장인 소배압을 불러 그의 의견을 물었다.

"도통은 회군 시기에 대해 어떻게 생각하는가?"

"예, 폐하! 음력 12월이 넘어가면 압록강이 녹기 시작합니다. 강이 녹으면 우리의 기병이 회군할 때 큰 지장을 받을 수 있사옵니다."

"다른 문제는 없는가?"

"타초곡기도 문제이옵니다. 우리는 보통 9월에 거병하여 12월 전에 임무를 완수한 다음 철수하곤 했사옵니다. 그런데 한겨울에 접어들어서 타초곡기의 활동에도 차질이 생겼사옵니다."

거란의 병력은 전투에 임하는 기마병을 중심으로 구성되었다. 기마병은 1인당 조랑말 세 마리를 끌고 다녔다. 작지만 지구력이 뛰어났고 속도가 빨랐다. 장거리 원정에 나설 때 말이 지치면 교대로 바꿔 타고 다녔다. 최고의 기동력이 나오게 된 배경이었다. 기마병은 혼자서 활 네

개, 화살 4백 개, 창과 도끼를 갖고 다녔기에 걸어 다니는 무기고와 같았다.

또한 기마병 한 명당 타초곡기 1명, 진영을 지키는 수영포가정 1명씩 배치되어 있었다. 타초곡기는 별다른 보급을 받지 않고 현지에서 식량과 장비 약탈을 전문적으로 담당하는 기병이었다. 그들은 빼앗은 곡식을 다른 부대에 전달하기도 했다. 그런데 고려의 항전이 예상 외로 길어지면서 식량 약탈에 차질이 생겨났다. 즉, 추수철인 9월쯤에 거병하면 마을에 쌓아둔 식량을 쉽게 탈취할 수 있는데, 한겨울에 접어들게 되어 타초곡기의 활동에 제동이 걸린 것이다. 당장 보급선 문제에 차질이 생긴 거란 군은 초조해졌다.

"그밖에 더 할 말은?"

"폐하께서도 아시다시피, 유목민들인 우리 병사들은 모두 날씨가 풀어지기 전에 고향으로 돌아갈 날만 기다리고 있사옵니다. 모두 수많은 양이나 염소를 목초가 풍부한 곳으로 이동시켜야 하기 때문이옵니다. 고려 땅에 더 오래 있다가는 유목 시기를 놓칠 수가 있으니, 모두 걱정이 많은 게 사실이옵니다."

"흠, 짐도 그 사실을 알고 있노라."

"폐하께서 판단해 주옵소서."

"알겠다."

소배압의 의견을 들은 야율융서는 생각을 거듭했다. 침략해온 군대에는 보급선 문제가 가장 급선무였다. 게다가, 황제가 남의 나라 깊숙이 들어가는 것은 위험한 일이었다. 야율융서가 이런 고민에 빠져 있을 때 하공진이 거부할 수 없는 조건을 제시했다.

"폐하께서 군대를 거두어 주시면 저희 임금님이 친조할 것을 약속드리옵니다."

야율융서의 눈에 희색이 어렸다.

"정말이냐? 우리가 회군하면 너희 국왕이 우리 거란에 와서 항복하도록 하겠느냐?"

미끼를 덥석 물었다. 하공진이 정중히 대답했다.

"남쪽으로 떠나시기 전, 소신에게 하신 말씀을 그대로 폐하께 고하는 것이옵니다."

"알겠다. 너희 국왕이 친조하겠다고 약조한다니, 회군

하겠다."

"황은이 망극하옵니다."

친조(親朝)하겠다는 약속을 믿은 야율융서는 회군을 결정했다.

"다만, 너는 나와 함께 거란으로 가야 한다."

야율융서는 하공진과 고영기를 인질로 삼아 거란으로 데리고 갔다. 거란 황제가 친조 약속만을 믿고 회군을 단행하는 것은 이례적인 일이었다. 야율융서가 소배압에게 회군 지시를 내렸다. 이에, 소배압이 거란군 전체에 회군을 명했다.

"전군은 들으라! 우리는 이 길로 회군한다!"

"예, 도통!"

마침내 거란군이 회군을 하기 시작했다. 이때는 이미 현종이 최종 목적지인 나주에 도착한 뒤였다. 거란군은 흥화진을 우회하는 길목으로 행군했다. 머지않아 귀주성 쪽으로 접어들 전망이었다. 도순검사 양규는 이 모든 상황을 척후병으로부터 보고받고 있었다.

'귀주성에서 거란군의 후미를 노려 급습을 전개하면 적

에게 타격을 입힐 수 있을 것이다.'

이렇게 생각한 홍화진의 도순검사 양규는 급히 편지를 써서 척후병에게 주었다. 척후병은 나는 듯이 말을 달려 귀주별장 김숙흥에게 편지를 전했다. 김숙흥은 참모들 앞에서 편지 내용을 소리 내어 읽었다.

"거란군이 곧 귀주 근처로 행군할 예정이니 대비하라."

부하들이 물었다.

"누구의 편지이옵니까?"

"도순검사께서 보낸 편지이니라. 거란군이 귀주로 오기 전에 우리도 당장 임전 태세를 갖춰야겠다."

"출동 명령을 내리십시오!"

"전군 출동!"

"예!"

명령이 떨어지자 부하들은 모두 무기를 들고 훈련장에 집합했다. 김숙흥은 귀주성의 군사 1천여 명을 몇백 명 단위로 나누어 골짜기의 움푹 파인 곳마다 배치해 놓았다. 거란군의 이동을 한눈에 볼 수 있도록 높다란 곳을 선점해서 예의 주시했다. 높은 곳에서 내려다보니, 멀리서 거란군들이 보이기 시작했다. 그들은 좁고 구불구불 이어진 길을 한 줄로 행군해 오고 있었다. 거란군의 눈에는 고려의 매복병들이 전혀 보이지 않았다. 거란군이 협착한 소로로 접어들 때, 김숙흥이 벼락같이 소리쳤다.

"지금이다! 행동 개시!"

김숙흥 별장의 명령이 떨어지기가 무섭게 귀주성의 병사들이 화살을 쏘았다. 빗발치는 화살이 거란군을 여지없이 꿰뚫었다. 적들이 급하게 숨을 곳을 찾아 이리 뛰고 저리 뛰었다. 그때, 큼지막한 바윗돌들이 골짜기 위에서 쉴 새 없이 떨어졌다. 거란군이 정신없이 도주했다. 높은 위치를 선점한 고려 병사들이 주먹만 한 돌멩이를 던져 도망가는 거란군을 쓰러뜨렸다. 좁고 기다란 협곡은 화살에 맞고 쓰러지거나 돌덩이에 맞아 짓이겨지는 거란 병사들로 넘쳐났다. 이날 김숙흥의 기습 작전은 대성공을 거두었다. 귀주성 근처의 협곡은 거란군 1만여 명의 시체로 가득 찼다.

양규 장군은 김숙흥의 승전보를 듣고 앙천대소를 했다.

"하하하. 김 별장은 역시 멋진 사나이로군. 좋다! 우리는 무로대로 진군한다!"

무로대에는 야율융서가 남겨둔 20만의 거란군이 있었다. 이에 비해 양규가 거느린 군사는 천여 명에 불과했다. 티끌만큼 적은 수로 2백 배의 적을 공격한다는 것은 무모함을 넘어 미친 짓이었다. 부하들이 만류했다.

"도순검사! 무로대의 거란군은 무려 20만 대군이옵니다. 재고해 주십시오! 계란으로 바위를 치는 게 아니라 태산을 건드리는 셈입니다."

하지만 양규는 요지부동이었다.

"지금은 비상 상황이다. 더구나, 거란군은 지금 수많은 고려 백성을 끌고 가고 있다. 백성들을 반드시 구해야만 한다. 먼저 퇴각하는 적의 후미와 측면을 공격할 것이다. 우리가 적들보다 더 빠르게 움직인다면 충분히 승산이 있다. 치고 빠지기는 기동성에 달려 있다. 이 작전을 잘 사용하면 적은 혼란에 빠지고 균열이 생긴다. 그들은 우리 고려 땅 깊숙한 곳까지 들어왔다가 긴 거리를 회군하느라 지쳐 있다. 군량미 보급도 원활하지 못해 극도로 허기진 상태다. 바로 이때 우리가 신속히 움직여 적을 친다면 강고한 거란군이라 할지라도 공포에 사로잡힐 것이다. 지금부터 폭풍처럼 들이닥쳐 적을 섬멸하고, 유령처럼 흔적도 없이 사라지는 작전을 구사할 것이다. 적에게 공포감을 심어주면서 우리의 백성을 구하는 작전이다. 알겠느냐?"

거란군이 전쟁 상황에서 반드시 타국의 백성을 잡아가는 이유가 있었다. 포로들은 귀중한 재산이기 때문이었다. 거란인들은 절반은 한곳에 정착해 농업에 종사했고 절반은 유목민으로서 초원을 떠돌며 목축에 종사했다. 이 때문에 포로들은 농업과 목축을 위해 일꾼 혹은 노예로 부려야 할 중요한 자원이었다.

거란인들은 포로들을 실컷 노예로 부리다가도 유사시에는 전쟁터에 끌고 가서 화살받이로 이용했다. 실제로 거란군이 흥화진을 공격할 때는 고려인 포로를 앞세워 공성전을 벌인 일도 있었다. 거란군의 창칼에 떠밀려 맨 앞줄에서 사다리를 타고 성벽을 기어오르는 낯익은 얼굴을 본 성안의 병사들은 차마 활시위를 당기지 못하고 손을 덜덜 떨었다. 거란군은 그 순간을 이용해 재빨리 성벽을 타 넘어 들어왔다. 그때를 떠올리며 치를 떨던 부하들은 더는 양규에게 반론을 제기하지 못했다.

"알겠습니다, 도순검사!"

"좋다! 그럼 이제부터 폭풍과 유령 작전을 시행한다!"

"옛!"

양규가 거느린 1천여 결사대는 수풀에 몸을 은신하면서 골짜기로 빠르게 이동했다. 무로대에 주둔하고 있던 거란군은 야율융서가 거느린 본진이 회군해오면 합류할 작정이었다. 기다리는 시간이 길어질수록 긴장이 풀어지고 있었다. 험준한 산악 지형이 많은 고려의 강추위는 강골마저도 쓰러뜨릴 만큼 막강했다.

동트기 전, 양규의 결사대가 무로대의 야영지를 급습했다.

"쳐라!"

양규가 소리치며 신호를 보냈다. 결사대는 숲속에서 비호같이 뛰쳐나와 막사를 덮쳤다. 수십 명으로 이루어진 단위 부대가 질풍처럼 휘젓고 다니면서 수백 개의 막사를 부숴 버렸다.

"고려군이 습격했다!"

놀란 병사가 소리치며 튀어나오다 고려군의 철퇴에 맞고 쓰러졌다. 적들이 창칼을 들고 덤볐지만, 양규의 결사대는 지옥에서 온 사자들처럼 날랜 몸동작으로 거란군을 거침없이 베어 나갔다. 거란군은 혼돈과 공포에 짓눌리면서 도망 다니느라 바빴다. 그럴 때마다 양규는 활을 쏘았다. 바람보다 빠르게 날아간 화살이 거란 병사들의 머리와 가슴팍에 명중했다. 화살이 날아갈 때마다 거란군들이 픽픽 쓰러졌다. 불과 한 시진이 지나는 동안 무로대는 쑥밭으로 변해 버렸다. 양규가 이끄는 결사대는 이날 거란군 2천여 명의 수급을 얻었다. 맨발에 홑옷만 걸친 채 추위에 떨던 2천여 명의 고려인 포로를 구하는 막대한 전과도 올렸다.

"전속력으로 이동하라!"

양규가 부하들에게 지시했다. 결사대는 무로대를 벗어나 이수 쪽으로 빠르게 내달렸다. 가던 도중에 산길을 타고 험로로 접어든 거란군과 맞닥뜨렸다.

"한 놈도 살려두지 말라!"

양규가 벽력같이 고함을 지르며 활을 쏘았다. 맨 앞의 거란군이 화살을 맞고 거꾸러졌다. 그것을 신호로 결사대가 거란군의 측면을 공격했다. 일렬로 행군하던 거란의 대오가 끊어졌다. 적들은 고려군의 갑작스러운 습격으로 정신을 못 차리고 우왕좌왕했다.

그때 양규의 결사대가 거란군의 양옆을 거세게 몰아쳤다. 천하무적이던 거란군이 꽁무니를 빼고 후퇴했다. 결사대는 거란군을 이수에서부터 쫓기 시작해 석령 부근까지 추격하면서 수천의 수급을 얻었다. 골짜기와 소로(小路), 들판은 거란군 2천5백여 명의 시체로 뒤덮였다. 양규는 여기서 포승줄에 묶여 끌려가던 고려인 포로 1천여 명을 구해내었다.

양규는 한 달 동안 거란군과 일곱 번 싸워 모두 이겼다. 치열한 전투 중에 죽인 거란군의 수는 모두 5만 명이었고, 그가 구출해 낸 고려인은 모두 3만여 명에 달했다. 적들로부터 빼앗은 말과 낙타, 창칼이며 방패와 도끼 같은 병장기 등 각종 전리품 또한 헤아릴 수 없었다. 소규모의 정예 부대를 이끌고 세계 최강의 대군에게 치명상을 입히며 바람처럼 사라지는 장수 양규는 전쟁의 신이 되어 있었다.

이제 야율융서가 이끄는 거란군 본진과의 마지막 전투가 남았다. 양규와 김숙흥이 이끄는 3천여 명의 결사대는 3만여 명을 헤아리는 거란군 본진과 싸워야 했다. 거란군 본진의 실질적인 지휘관은 백전노장으로 이름난 도통 소배압이었다. 소배압은 회군하는 길목마다 나타나서 괴멸적 타격을 입히는 고려군에게 두려움마저 느끼고 있었다.

귀주에서 이수 쪽으로 가던 중에 애전이 있었다. 양규와 김숙흥의 부대는 여기서 합류해 애전 쪽을 향해 행군해 오는 거란군과 맞닥뜨렸다. 양규는 김숙흥에게 폭풍과 유령 작전을 함께 전개해 나가자고 말해 둔 상태였다.

격전의 날, 세찬 빗줄기가 내리고 있었다. 양규가 결사대를 향해 비장한 어조로 말했다.

"우리는 고려인 포로가 도망갈 시간을 벌어야 한다. 그리고 고려의 강토를 침범해온 저 원수들과 끝까지 싸워야 한다. 지금 당장 고향으로 가고 싶은 사람은 가도 좋다!"

그러나 아무도 대열에서 이탈하지 않고, 전 대원이 큰

목소리로 결연하게 외쳤다.

"도순검사와 끝까지 싸우겠습니다!"

"좋다! 여기서 고려의 영광을 위해 죽자!"

도원의 결의가 아닌, 빗속의 맹세였다. 이윽고, 양규와 김숙흥이 거느린 고려 병사들이 함성을 지르며 빗줄기를 뚫고 달려 나갔다. 죽을 각오를 다진 상황이라 두려울 게 없었다. 그들은 닥치는 대로 적들을 베었다. 전광석화처럼 적진을 뚫고 다니던 결사대는 이제 일기당천의 용맹한 군사들이 되어 있었다.

양규와 김숙흥 부대는 삽시간에 천여 명의 적을 베어 넘기며 파죽지세로 진군했다. 하지만 수만 명의 적을 상대하기란 역부족이었다. 눈앞의 적들은 거란 황실의 최정예 친위대인 피실군이었다. 결사대는 시간이 지날수록 적의 화살에 맞거나 창날에 찔리거나 칼에 자상을 입어 쓰러지는 인원이 늘어갔다. 나중에는 맨 앞줄에서 정신없이 칼을 휘두르는 두 장수만 남았다.

양규와 김숙흥, 두 장군은 야율융서를 향해 돌진했다. 거란 진영에서 화살이 빗발치며 날아왔다. 두 사람은 살에 맞으면서도 앞으로 돌진했다. 그러다가 어느 순간, 멈춰 섰다. 정지한 두 사람의 몸에 수많은 화살이 박혀 마치 고슴도치처럼 되었다. 손에 잡힐 듯한 거리에서 야율 융서가 흐릿하게 보였다. 빗줄기 너머 황제의 깃발이 느릿느릿 휘날렸다.

양규와 김숙흥은 두 눈을 부릅뜬 상태로 몸이 서서히 굳어 갔다. 떨어지는 빗물 위로 핏물이 흘러내렸다. 장렬한 전사였다. 두 장군의 활약에 의해 거란의 2차 침략군은 퇴각하는 과정에서 막대한 손실을 입었다. 겨우 전열을 가다듬고 본격적으로 회군하여 압록강까지 온 소배압이 도강을 명했다.

"이곳만 벗어나면 고향으로 갈 수 있다! 전군, 모두 강을 건너라!"

거란군이 비를 맞으며 강을 건너기 시작할 때, 양규와 김숙흥 부대를 돕기 위해 전속력으로 달려온 흥화진사 정성이 크게 소리쳤다.

"적을 무찔러라!"

흥화진사의 명이 떨어지자마자 고려의 군사들이 거란

군을 향해 화살을 날렸다. 하늘에서 화살이 비처럼 쏟아졌다. 수많은 거란군이 몸에 화살을 맞고 쓰러졌다. 이어서, 방패를 든 보병들이 칼과 도끼를 들고 뛰어가 거란군을 닥치는 대로 베고, 찍었다.

"이 거란 놈들아, 내 칼을 받아랏!"

기습을 당한 거란군은 크게 당황한 나머지 대오가 흐트러졌다. 고려군이 무섭게 쫓아왔다. 거란 병사들은 겁에 질려 도망가기 바빴다. 모두 거추장스러운 갑옷과 투구, 칼과 방패를 버리고 강물로 뛰어들었다. 서로 살겠다고 허우적대며 헤엄을 치는 적들은 오합지졸 그 자체였다.

"궁수! 사격하라!"

다시 정성의 명이 떨어졌다. 강 언덕 위에서 고려 병사들이 연거푸 화살을 날렸다. 압록강 둔치와 강물 위에는 화살에 맞거나 칼날에 베인 거란군의 시체로 가득 찼다. 강물은 온통 붉은 핏물로 물들어 갔다. 야율융서를 비롯해 소배압, 야율분노, 야율적노 등 거란의 최고 지휘관들과 병사들은 너 나 없이 도망가기 바빴다. 강을 건너는 그들의 모습은 죽음의 공포 속에서 허우적대는 생쥐 꼴이었다. 아비규환이 그들을 삼켰다. 거란의 수많은 귀족과 관리들, 병사들이 이곳에서 떼죽음을 당했다.

거란 진영으로 회군을 모두 마친 뒤, 야율융서는 인질로 끌고 간 하공진을 회유하려 했다. 하공진은 능력 못지않게 인품 또한 뛰어났기에 신하로 삼고 싶은 마음이 간절했다. 야율융서는 하공진이 충성만 맹세한다면 그를 거란에 꼭 필요한 인재로 붙잡고 싶었다.

"하공! 그대에게 관직을 줄 테니 거란에서 짐을 위해 일하기를 바란다."

하공진은 거란 황제의 강권에도 의연했다.

"폐하의 말씀은 고맙사오나, 소신은 고려를 배신할 수 없사옵니다."

야율융서는 그럴수록 하공진을 의롭게 여기며 재차 말했다.

"너의 절개를 굽히고 짐에게 충성하라."

하공진은 자신의 의지를 강하게 비치며 거듭 거부했다. 말투도 더욱 강경하고 불손해졌다.

"나는 영원히 고려의 신하다. 살아서 대국 섬기기를 원치 않으니 나를 죽여다오!"

야율융서는 마침내 화가 폭발했다.

"너를 좋게 여기고 곁에 두려 했건만, 끝내 짐의 말을 거역하는구나. 너를 죽이고 심장과 간을 꺼내 먹으리라!"

야율융서는 부하를 시켜 그의 배를 갈라 심장과 간을 꺼내게 한 뒤, 그것을 씹어먹으며 저주했다. 하공진은 고려를 국난으로부터 구하고 죽음으로써 만고의 충신이 되었다.

6장

폭풍 전야

　　1011년 음력 2월 23일, 개경으로 돌아온 현종은 황량한 궁궐터 앞에서 먹먹한 마음을 누를 길 없었다. 이제 모든 것을 새롭게 시작해야 하는 것이다. 현종은 개경의 방비를 위해 송악산에 산성을 쌓는 한편, 양규와 김숙흥에게 삼한후벽상공신 칭호를 붙여 예우했다. 강감찬에게는 국자좨주(교육기관 국자감의 종3품)로 임명했다가 얼마 후 한림학사승지 [왕명을 제찬(制撰, 임금의 말씀이나 명령의 내용을 신하가 대신 짓던 일)] 하는 한림원 정3품)와 좌산기상시(언관직. 중서문하성 낭사 정3품)를 겸한 벼슬을 내렸다.

1012년, 현종은 강감찬에게 특별한 임무를 부여했다.

"한림학사승지 강감찬을 동북면 행영병마사로 임명하노라."

야율융서가 침공해 왔을 때 보여준 뛰어난 판단 능력과 과단성을 눈여겨보았던지라, 현종은 강감찬을 변경으로 파견하여 여진족의 침략을 막아내게 하고 싶었다. 국난이 닥쳤을 때 황제의 몽진을 주장하여 위기를 벗어나게 해준 공로를 치하하는 의미도 있었다.

강감찬은 곧바로 개경을 떠나 동북면에 도착했다. 그는 맨 먼저 허물어진 성벽을 보수하고 군사들의 훈련에 힘썼다. 얼마 후, 감찰어사 이인택이 동북면에 와서 이것저것을 캐물었다.

"병마사! 조정에 보낸 장계에 누락된 게 참으로 많소이다."

강감찬은 그가 억지를 부리는 게 눈에 보였지만 꾹 참고 부드럽게 대꾸했다.

"그건 내가 부임하기 전의 일인데, 그걸 왜 나에게 묻소?"

"군량미 창고에 거미줄이 끼어 있던데, 청결에 최선을 다해야겠소."

"허 참, 군량미 상태는 썩 괜찮은데 별걸 다 트집 잡는 구려."

이인택은 고약한 성미로 강감찬의 부아만 잔뜩 올린 뒤 개경으로 갔다. 그는 자신이 꼬투리 잡고 싶은 대로 허위 보고서를 작성해 올렸다.

"동북면 행영병마사 강감찬의 비리가 발각되었사오니 그를 파직하소서."

강감찬을 탄핵한다는 상소를 받은 현종은 이인택을 불러 불같이 화를 냈다.

"그대는 왜 없는 사실로 강 공을 무고하는가? 내가 사람을 시켜 동북면의 실태를 따로 파악하고 있었거늘! 오히려 전임자 시절보다 더 견고하게 여진족을 지키는 진영을 일군 강공에게 좋은 점수를 주기는커녕 왜곡된 사실로 조정을 어지럽히니, 오늘부로 그대를 파직하노라!"

상대를 누르고 더 높이 출세하고자 혈안이 된 이인택은 전격적으로 벼슬길에서 쫓겨나고 말았다.

그동안 거란에서는 왜 친조를 하지 않느냐며 다그치고 있었다. 하지만 현종은 그때마다 병이 들어서 못 간다고 핑계를 대곤 했다. 1013년 3월, 야율융서는 야율자충과 이송무를 번갈아 사신으로 보내 강동육주를 반환하라고 요구했다. 고려에서는 이 요구를 묵살했다.

이에 분노한 야율융서는 두 달 후인 5월, 여진족을 길잡이 삼은 거란군을 보내 국경을 침범했다. 이때 대장군 김승위가 휘하 장수들과 더불어 압록강을 넘으려는 거란군을 격퇴했다. 한 해 뒤인 1014년 6월, 야율융서는 침략의 야욕을 본격적으로 드러냈다. 거란의 기마병과 보병의 신속한 도강을 위해 부하들을 시켜 압록강에 부교를 설치했으며, 압록강 부근의 보주 땅을 점령한 것이다. 이 해에 강감찬은 중추사(중추원의 종2품)로 있으면서 사직단을 고쳐 지을 것을 주장해 관철하였다. 또한, 거란이 압록강에 부교를 설치한 일이며 보주 땅을 점령한 일에 대해 경각심을 갖고 예의 주시하고 있었다.

고려 조정에서는 이때 군사를 보내어 부교 설치를 막는 한편 보주 점령을 저지하려 했다. 하지만 국구상온 소적

렬과 동경유수 야율단석이 이끄는 거란군에 의해 격퇴되면서 뜻을 이루지 못했다. 거란군은 고려군을 물리친 뒤 압록강 유역의 보주, 선의주, 정원주 등에 성을 쌓았다. 이로써 내원성과 더불어 이곳은 향후 거란군이 고려를 침공할 때 매우 긴요한 병참기지가 되었다. 고려로서는 목에 걸린 가시 같은, 참으로 뼈아픈 곳이었다.

8월이 되자 야율융서는 이송무를 고려에 사신으로 보내 강동육주의 반환을 요구했다. 현종은 이 요구를 단칼에 거절했다. 그러자, 거란은 추수철에 접어들면서부터 군사 행동을 시작했다. 압록강 일대에는 수시로 침범해오는 거란군의 말발굽 소리가 들려왔다. 이 때문에 고려군은 상비군을 편성하여 거란군과 크고 작은 접전을 벌여야 했다.

1016년, 강감찬은 이부상서(문신의 인사를 담당하는 이부의 정3품)로 영전했다. 젊은 시절 그는 직언을 서슴지 않았던 강직한 성격의 소유자였다. 이 때문에 출셋길이 막혀 지방관으로 전전해야 했던 그에게 본격적으로 관운이 트인 것이다. 어쩌면 문곡성의 기운이 뒤늦게 뻗어

나오는 것처럼 보였다.

고려 조정에서는 거란의 침략에 대비해 군사를 육성하는 데 재정이 많이 소요되고 있었다. 이를 보다 못한 강감찬은 자신이 소유한 토지를 국가에 헌납하는 결단을 내렸다.

"폐하! 소신이 선친으로부터 물려받은 토지 12결을 헌납하오니, 그 땅을 처분하여 군호(軍戶)에게 양곡을 공급토록 하옵소서."

"경의 애민(愛民)하는 마음이 이토록 도타우니, 참으로 미쁘기 그지없소!"

현종은 강감찬이 내놓은 토지(경상북도 김천 인근의 개령현에 있는 땅) 12결(지금으로 치면 5만 6천 평)을 토대로 많은 군호(군인으로 복무하게 된 남자의 가족)에게 식량을 공급하도록 했다. 강감찬은 거란군을 물리치는 일에 쓰인다면 토지든 재물이든 기꺼이 내놓을 생각이었고, 나라를 보존할 수 있다면 목숨마저 초개같이 바치겠다는 각오를 다졌다.

1018년 5월, 강감찬은 또 하나의 관직에 임명되었다. 현종은 전사한 양규에게 삼한후벽상공신 칭호를 하사할 때 친히 교서를 써준 적이 있었다. 이번에 강감찬에게 새로운 버슬을 줄 때도 그때와 똑같이 직접 임명 교서를 써 주었다. 대부분은 신하가 대신 써 주고 황제가 추인하는 형식을 거치지만 양규와 강감찬만큼은 자신의 손으로 직접 써 주었던 것이다. 현종은 이 임명 교서를 대전에서 낭랑한 목소리로 읽어 나갔다.

"경술년에 오랑캐의 전란이 있어서 적들이 한강변까지 깊숙이 침범해왔다. 당시 강공의 계책을 쓰지 않았더라면, 백성이 모두 야만인이 되었을 것이다. 이에, 짐은 그 공적을 높이는 뜻에서 강감찬을 서경유수 겸 내사시랑평장사에 임명하노라."

현종이 즉위한 원년인 경술년, 거란의 황제 야율융서가 고려를 침략한 바로 그해에는 두렵고 떨리던 순간이 얼마나 많았던가. 압록강을 넘어온 거란의 40만 대군이 강토를 휩쓸자 궁궐에서는 항복하자는 말만 무성하였다.

그때, 오직 강감찬만이 홀로 끝까지 항전하자고 목소리를 높여 든든한 신뢰감을 주었다. 그는 항복론자들의 말을 잠재웠다. 그리고 서서히 이길 방도를 찾을 테니 안심하고 나주까지 몽진을 다녀오라고 아뢰었다. 그는 실로 아버지 같은 신하였다. 그에게 더 나은 헌사를 바친들 하나도 아까울 게 없었다. 직접 쓴 임명 교서에는 자신의 지극한 마음이 담겨 있었다. 더구나 강감찬 스스로 서경유수가 되기를 자원한 것이기에 그 고마움은 더욱 컸다.

현종은 지난 전쟁 경험을 통해 서경성이 얼마나 귀중한 보루인지 알고 있었다. 불타버린 개경의 성곽을 튼튼히 보수하고 서경성의 방비에 힘을 쏟은 것은 바로 이 때문이었다. 현종은 성곽이 단단하게 조성되는 모습을 보면서 속으로 다짐했다.

'지난 전란 때 나는 황성인 개경과 백성들을 버리고 피난을 갔었지. 이제 다시는 그런 일을 되풀이하지 않을 것이다.'

만약 또다시 거란의 침공이 이어진다 해도, 강동육주로 불리는 서북면의 여러 성이 강력한 방어 요새가 될 터였다. 그리고 이전보다 튼튼하게 조성된 서경성이 전방과 후방을 지탱해주는 중심축의 역할을 할 것이었다. 이처럼 막중한 서경유수(종2품) 겸 내사시랑평장사(정2품)

의 임무를 강감찬에게 맡기는 것은 퍽 다행스러운 일이었다. 그 임명 절차에 무게를 실어주기 위해 현종이 친히 임명 교서를 작성한 것이다. 서경유수는 단순한 행정 관직이 아니라 군사 지휘권까지 지닌 요직이었다. 강감찬을 이 자리에 앉힌 것은 거란군의 침략에 대비한 포석이었다.

강감찬은 서경유수에 임명된 뒤 군을 실질적으로 지휘하고 통솔하는 경험을 쌓았다. 과거 중군사 서희의 기록관 겸 참모로서 겪었던 경험을 밑바탕으로 하여 실질적인 방어와 공격 전술을 체득하는 산 교육장으로 삼았다. 그는 군사를 조련하고 훈련하는 일을 직접 지휘·감독했다. 또한, 진지를 구축하는 법, 병법에 기초한 진을 구성하는 법, 적을 효과적으로 물리치는 방어와 공격을 효과적으로 전개하는 법 등을 두루 익혔다. 전투의 전 과정을 휘하 장수들과 함께 의논하면서 실질화하는 데 주력했고, 특히 중갑기병을 육성하는 데 심혈을 기울였다.

거란은 압록강에 부교를 설치하고 보주를 점령해 성을 쌓은 뒤부터 고려를 집요하게 압박해 현종의 친조를 요구했다. 그러나 현종이 친조를 거부하자 공세 수준을 높여 갔다. 1014년 10월에는 통주를, 1015년 1월에는 홍화진, 통주, 용주를 잇달아 공격했다. 그해 9월에 통주와 영주를 공격한 데 이어 이듬해 1월에 곽주를, 1017년 5월에 홍화진을 공격했다. 거란군이 쉴 새 없이 공격을 퍼부었지만 고려군은 이를 모두 막아냈다. 이렇게 되자 야율분노는 극도로 분노하면서 총공격을 명했다.

"소배압을 도통으로 임명하노니, 저 고려 땅을 반드시 정벌하라!"

야율융서는 자신의 매제이기도 한 동평군왕 소배압에게 모든 군권을 주었다. 황제의 직속부대인 10만 명의 우피실군까지 거느리게 했다. 피실군(皮室軍)은 남, 북, 좌, 우, 황의 5개 부대로 이루어진 거란의 최고 정예부대였다.

총사령관인 도통 소배압의 휘하 지휘부에는 부도통을 맡은 전도점검 소허렬, 도감에 임명된 동경유수 야율팔가가 배속되었다. 원정부대가 꾸려진 뒤, 거란군은 접경 지역에 있는 고려의 성에 항복할 것을 강요하는 문서를 보냈으며, 곧바로 진격에 나섰다.

귀주대첩

1018년 무오년 10월, 현종은 거란군의 3차 침략에 맞서 전격적인 인사 행정을 단행했다.

"서경유수 강감찬을 서북면행영도통사로 임명하노라! 지금은 거란의 침공에 대비해 특단의 대책이 필요한 때이오. 그런 만큼 지략과 용맹함을 갖추고 병법에도 능한 경에게 고려의 전군을 지휘하는 상원수로서의 막중한 임무 또한 맡기는 것이오."

이때 강감찬의 나이 일흔한 살이니, 누가 봐도 상노인이었다. 하지만 현종은 강감찬을 상원수대장군으로 임명해 모든 고려군을 지휘하는 총사령관의 지위를 부여했다. 강감찬은 대장군 강민첨을 부원수로, 내사사인 박종검과 병부낭중 유참을 판관으로 임명해 지휘부를 구성했다. 강감찬이 지휘부에 대한 세부안을 올려 현종에게 윤허를 받은 것이다.

상원수 강감찬은 고려군 20만 8,300명을 이끌고 북쪽으로 나아갔다. 그는 군사를 영주에 주둔시킨 뒤 휘하 장수들에게 몇 가지를 당부했다.

"거란이 우리 고려에 선전포고를 했다. 제장들은 대범한 기상으로 적을 물리치기를 바란다. 지난번 삼수채 전투에서도 알 수 있듯이, 최강의 거란 기마병도 강조의 검차진 앞에서 무너진 일이 있었다. 내가 세 가지를 명하겠다. 첫째, 검차를 활용한 다양한 진법으로 적의 예봉을 꺾기 바란다. 둘째, 약탈을 통해 식량을 현지 조달하는 거란의 타초곡기를 무력화해야 한다. 즉, 청야 작전을 반드시 전개해야 한다. 거란군이 오기 전에 백성들을 성안으로 들이고 마을과 들판을 모조리 불태워라! 셋째, 중갑기병으로 신속히 적을 타격하라! 거란군과 수많은 전투를 치르는 동안 우리 고려군은 이전보다 훨씬 강해졌다. 거란군에만 기병이 있는 게 아니다! 우리에게도 고도로 훈련된 최정예 중갑기병이 있다. 결정적인 때, 우리의 중갑기병이 일시에 적진을 휘몰아치면 우리는 마땅히 거란군을 섬멸할 수 있을 것이다. 우리는 이번 전쟁에서 반드시 이겨야 한다! 이겨서, 거란이 다시는 우리 땅을 넘볼 수 없게 해야 한다! 명심하라!"

"예, 상원수!"

들판에 집결한 고려군이 큰 소리로 복창했다. 그 소리가 산을 들썩이게 할 만큼 웅장했다.

이어, 강감찬은 강민첨 대장군에게 명령을 내렸다.

"강 부원수는 기병 12,000명을 데리고 홍화진 부근 삼교천의 산골짜기에 매복해 있다가 거란군이 강을 건널 때 공격하라! 기습과 유인 작전으로 적진을 교란하면 틀림없이 승리할 것이다!"

"그런데, 거란군이 지난번처럼 홍화진성을 직접 공격하지 않겠습니까?"

부원수가 물었다.

"아니다. 이번에는 그들이 우리의 성들을 그냥 지나쳐

갈 것이다. 그들의 목표는 오직 개경이 될 것이니라."

"알겠습니다. 상원수!"

강민첨 부원수는 군례를 올린 뒤 기병을 데리고 떠났다. 늠름하게 이동하는 기병을 바라보던 강감찬은 박종검과 유참에게 색다른 지시를 내렸다.

"판관들은 들으라! 즉시 부하들을 데리고 가서 삼교천 상류의 강물을 막도록 하라. 모래주머니를 쌓고 밧줄로 쇠가죽을 엮어 둑을 만들어야 한다. 물이 줄어들어 얕은 하천처럼 보이면 거란군은 거침없이 강을 건널 것이다. 거란군이 절반쯤 강을 건널 때 쇠가죽을 찢고 둑을 터뜨려 수공을 전개하라!"

"명을 받들겠나이다!"

박종검과 유참이 부하들을 데리고 삼교천을 향해 출발했다. 판관들과 장병들은 돌을 차곡차곡 쌓고 모래주머니를 얹은 다음 굵은 밧줄로 쇠가죽을 꿰어서 홍화진성의 동북쪽을 휘돌아 흐르는 삼교천 상류의 강을 막았다.

과연, 강감찬의 예측대로 압록강을 건너온 거란군은 홍화진을 우회하여 무릎까지밖에 차지 않는 삼교천을 빠르게 건너려 했다.

"지금이다! 둑을 무너뜨려라!"

지휘관의 명이 떨어지자 병사들이 쇠가죽을 찢어 둑을 터뜨렸다. 강을 건너던 거란군의 선발대는 갑자기 쏟아져 내려오는 물 때문에 우왕좌왕했다. 거센 강물이 밀려오자 수많은 거란 병사들은 말과 함께 한꺼번에 넘어졌고, 물살에 휩쓸려 갈팡질팡했다.

"공격하라!"

그때, 미리 숨겨두었던 강민첨의 기병이 사방에서 나타나 거란군을 거침없이 베었다. 중심을 잃고 흐트러진 적병들이 뒤엉켜 넘어졌다. 적진은 아수라장이 되었다. 첫 전투에서 거란군 수천여 명을 참살했다. 하지만 소배압은 역시 백전노장이었다. 그는 본진을 수습해 삼교천을 건너지 않고 급히 내륙길로 방향을 바꾸었다. 경계가 느슨한 산길을 택해 개경 쪽으로 곧장 남하하려 한 것은 의표를 찌르는 놀라운 전술이었다. 강감찬은 급히 강민첨과 김종현을 불러 명령했다.

"거란의 본진은 지금 귀주성 근처의 산길로 내려가고

있다. 그들의 목표는 개경이다. 소배압은 개경을 점령해 황제 폐하를 사로잡고 속전속결로 전쟁을 끝내려 할 것이다. 나는 본진을 이끌고 안주로 갈 테니, 부원수는 기병을 거느리고 위주, 연주 쪽으로 추격해서 쉬지 말고 교전하라! 거란군의 진격 속도를 최대한 늦추는 게 중요하다! 그리고 병마판관은 기병 1만을 거느리고 속히 개경으로 가서 황성을 사수하라!

"예, 상원수!"

강민첨과 김종현이 기병들과 함께 쏜살같이 내달렸다. 강감찬은 동북면도순검사에게도 전령을 보내 개경을 호위하라고 일렀다. 상원수의 명을 받은 동북면의 군사 3,300명이 곧 개경으로 들어갔다.

거란군이 남하하면서 대량 약탈을 강행했다. 애초에 보급품을 현지에서 조달하려 했던 그들은 마을을 덮쳐 닥치는 대로 식량을 탈취했다. 방화와 강간을 일삼았으며 남녀를 불문하고 백성들을 끌고 갔다. 거란군이 계속 남하하는 동안 강감찬이 이끄는 본진도 전속력으로 거란군을 추격했다. 드디어 자주(慈州) 내구산에서 강민첨 부대와 합류한 강감찬의 본진은 거란의 본진을 따라잡았다. 거란군이 사정거리에 들어왔을 때, 강감찬이 궁수들에게 명을 내렸다.

"발사하라!"

대기하고 있던 궁수들이 적을 향해 화살을 날렸다. 산길과 협곡을 뚫고 남쪽으로 내려가던 거란군은 부원수 강민첨이 거느린 고려군의 공격을 받고 쩔쩔맸다. 시랑 조원 장군은 기마병을 거느리고 대동강 유역까지 거란군을 추격했다. 마탄에서 거란군을 급습한 조원 장군의 기마병은 적병 1만여 명의 목을 베고 수천 명을 사로잡는 대승을 거두었다. 고려군을 간신히 뿌리친 소배압은 9만여 명으로 줄어든 거란군을 이끌고 계속 남하했다.

1019년 1월, 거란군은 개경에서 백 리쯤 떨어진 신은현까지 진군했다. 이때, 현종은 개경의 성문을 굳게 닫아걸고 황성을 방어하기 위해 총력을 기울였다. 거란의 2차 침입 때 나주까지 몽진하면서 목숨마저 잃을 뻔했던 현종은 이제 불퇴전의 용사처럼 변해 있었다. 젊은이다운 패기를 지닌 젊은 황제의 카랑카랑한 목소리가 도성에 울려 퍼졌다.

"짐은 개경을 사수할 것이다! 거란군이 지척에 와 있으니 성 밖의 백성과 곡식을 비롯한 온갖 물자를 모두 성안으로 들이라! 성 밖에는 곡식 한 톨도 남아 있지 않게 하라!"

"예, 폐하!"

신하들과 금군들이 바삐 움직여 황제의 명을 이행했다. 성 밖을 모두 비우는 청야 작전이 전개되었다. 마을을 불태우고 곡식을 성안으로 들여놓았으며 우물에는 독을 풀었다.

소배압은 이때 야율호덕을 개경으로 보내 거란군이 철수한다는 거짓 정보를 흘렸다. 고려 조정이 혼란해지는 틈을 타서 개경을 기습하겠다는 속셈이었다. 야율호덕은 소배압이 준 편지를 가지고 통덕문에 이르러 현종에게 아뢰었다.

"우리 거란군은 이제 회군하고자 하옵니다."

회군하는 척 술수를 부린 것이다. 소배압은 기만 작전이 성공할 것으로 자신했다. 그는 기병 3백 명을 몰래 금교역으로 보내 개경을 급습하라고 지시했다. 하지만 이를 간파한 현종은 금군에게 명령했다. 개경에는 황궁을 지키는 100여 명의 금군이 있었다. 그들은 용력과 기마술이 뛰어난 최정예 기병이었다.

"오늘 밤 금교역으로 가서 거란군을 쓸어버려라!"

"예, 폐하!"

황명을 받은 금군은 밤을 틈타 바람처럼 빠르게 금교역으로 가서 거란 기병 3백 명을 일거에 몰살시켰다. 소배압은 돌격대가 전멸했다는 사실을 보고받고 전의를 완전히 상실했다. 보급로는 차단되었고 작전마저 실패로 끝났다. 철군하지 않으면 앞뒤로 포위되어 전멸당할지도 모른다는 위기감이 엄습했다.

"회군한다!"

소배압은 전군에 회군 명령을 내렸다. 뼈가 시릴 정도의 한겨울 북풍한설이 몰아치는 가운데 거란군은 제대로 먹지도 못한 상태에서 눈밭을 행군했다. 춥고 배고프며 졸음마저 몰려오는 죽음의 철군이었다. 뒤에서는 사냥감을 쫓는 사냥꾼처럼 김종현의 중갑기병이 추격하고 있었다. 척후병에게서 이 같은 상황을 보고받은 강감찬은 고려의 군사들을 귀주로 집결시키는 한편 판관들에게 새로운 명령을 내렸다.

"길목마다 군사들을 배치해 적들이 귀주 쪽으로 오도록 유도하라!"

1019년 음력 2월 2일, 거란군이 산길을 타고 연주, 위주를 지나가려 할 무렵, 안북대도호부가 위치한 안주에 미리 와 있던 강감찬은 고려의 본진을 지휘해 적의 측면을 급습했다. 이때 적병 5백여 명의 수급을 얻었다. 그들은 귀주 쪽으로 허위허위 달아났다.

귀주성은 북쪽, 서쪽, 남쪽이 모두 산언덕이거나 비탈이었다. 오직 동쪽으로 난 곳만 길이었는데, 강감찬은 먼저 그곳에 달려가 고려군 본진을 배치했다. 거란군이 압록강을 건너려면 이곳을 통과해야만 했다. 거란군의 뒤쪽에는 개경에서부터 추격해온 김종현 병마판관의 1만여 중갑기병이 거리를 좁히고 있었다.

드디어 천하의 숙적 고려와 거란이 귀주 벌판에서 만났다. 강감찬은 산성에서 적의 공격을 방어하는 전술 대신,

드넓게 펼쳐진 평야 지대에서 적과 싸우는 대회전 방식의 전술을 택했다. 작전에 앞서, 강감찬은 군 지휘관들을 모아놓고 설명을 했다.

"제장들! 이번 전쟁은 대회전으로 승부를 볼 것이다! 고려군은 사나운 거란군과 맞서 싸우면서 매우 강한 군대로 성장했다. 산성에 틀어박혀 수성전을 벌이다가 적이 퇴로를 뚫고 국경을 넘는다면, 그들은 또다시 힘을 길러 우리 고려를 침범해 올 것이다. 그래서 우리는 여기서 대회전을 펼쳐 그들을 모두 섬멸해야만 한다! 다시는 우리 고려 땅에 거란군이 발을 딛지 못하게 할 것이다!"

처음에는 반신반의하던 지휘관들도 강감찬의 설명을 듣고는 고개를 끄덕였다. 장수들 모두가 공감하는 눈빛을 보였다. 이제 최후의 일전만 남은 셈이었다.

이윽고 전면전이 시작되었다. 밀고 밀리는 접전이었다. 강감찬은 검차진을 성벽처럼 둘러쳐서 거란의 기병들과 맞서게 했다. 거란의 중갑기병들이 돌진해왔다. 강감찬이 명을 내렸다.

"검차진! 전진 배치!"

거란 기병들은 무섭게 돌진하다 모조리 검차의 창날에 꿰뚫렸다.

"쇠뇌부대! 발사하라!"

강감찬은 연거푸 소리치며 명령했다. 동시에, 수백 발의 쇠뇌가 날아갔다. '슈우욱' 하는 소리와 함께 적의 중무장한 장갑을 뚫어 버리는 쇠뇌의 위용은 놀라웠다. 두꺼운 갑옷을 입은 중장갑 기병들이 무더기로 쓰러졌다.

"제1 타격부대! 타격하라!"

이번에는 판관 박종검이 왼쪽에서 소리쳤다. 그러자, 검차진 뒤쪽에서 고려군이 번개같이 나타나 쇠도리깨를 휘둘렀다. 검차진 앞에서 진퇴양난에 빠져 있던 거란군의 머리, 어깨, 팔다리가 사정없이 짓이겨졌다. 피가 튀고 살점이 튀었다.

"제2 타격부대는 타격하라!"

판관 유참이 오른쪽에서 외쳤다. 그와 동시에 장창 부대가 번개같이 나타나 긴 창을 던졌다. 기다란 창이 바람을 가르며 날아가 거란 기병들의 가슴팍을 꿰뚫었다. 장창 부대가 제자리로 돌아가자 도끼를 든 고려 병사들이 튀어나와 거란 병사들을 마구 찍고 내리쳤다. 잘린 머리와 팔다리들이 얼어붙은 땅바닥에 내동댕이쳐졌다. 거란군은 안간힘을 쓰며 버텼다. 백중세였지만 거란군이 조금씩 밀리고 있었다.

"기병! 전투 개시!"

부원수의 명령이 떨어지자 후방에 배치된 고려 기병이 전속력으로 돌진하면서 거란군 측면의 보병부대를 쓸어버렸다. 강민첨 부대의 기병이 한차례 휩쓸고 돌아오자 거란 진영의 측면에는 널브러진 시체들이 즐비했다.

전투가 한창일 때, 진영에서 휘날리던 깃발의 방향이 갑자기 거란군 쪽으로 바뀌었다. 남풍이었다. 세찬 바람이 불고 비까지 내렸다. 지금까지는 북풍이 불고 있어서 고려군에게 불리했다. 이제 거란군은 남쪽에서 불어오는 거센 맞바람을 받으며 싸워야 하는 처지가 되었다. 강감찬은 회심의 미소를 지었다.

'젊은 날부터 귀주 벌판을 수없이 드나들며 날씨를 살폈던 게 오늘 빛을 발할 줄이야!'

이곳은 겨울철이면 북서풍이 불지만 활강형 한랭전선

의 영향을 받아 남동풍으로 바뀌면서 강한 돌풍과 함께 세찬 빗줄기가 내리기도 했다. 하늘이 준 기회였다. 이제 전세를 바꿀 때가 왔다.

"불화살을 쏘아라!"

강감찬의 명을 받은 궁수들이 일제히 거란 진영을 향해 불화살을 날렸다. 수천, 수만 개의 불화살이 거센 비바람과 섞이면서 거란 병사들을 덮쳤다. 거란 병사들은 거센 남동풍 때문에 몸을 제대로 가누지도 못했다. 서 있기조차 힘든 상황에서 적병들이 날린 화살은 대부분 자기 진영의 앞으로 떨어졌다.

거란 진영은 삽시에 불화살을 맞아 쓰러지는 병사들의 아우성으로 뒤덮였다. 거란의 대장기가 활활 타올랐고 그들이 끌고 온 수레와 군수품에도 불이 옮겨붙어 불꽃이 너울졌다.

바로 그때, 석천을 건너온 병마판관 김종현의 중갑기병이 언덕 너머에 나타났다.

"우아! 우리 중갑기병이다!"

고려군 진영에서 함성이 터져나왔다. 사기가 오른 고

려군은 전보다 더 매섭게 거란군을 몰아붙였다. 고려군 본진에서는 더욱더 쉴 새 없이 화살을 날렸다. 고려군의 화살은 강한 비바람을 타고 날아가 거란군 진영을 초토화했다.

고려군 본진이 거란군을 막고 있는 동안 병마판관의 대역습이 시작되었다. 김종현 병마판관이 이끄는 1만 명의 철기병이 적의 후미와 측면을 벼락같이 후려쳤다. 거란군은 창졸간에 기습을 당해 전열이 흐트러져 도망가기 바빴다. 거란 진영에는 사상자가 넘쳐났다.

강감찬이 총공격을 명했다.

"전군! 총공격!"

이제, 강감찬이 거느린 본진과 병마판관의 기병이 합세하여 소배압이 이끄는 거란군의 심장을 꿰뚫는 작전이 시작되었다. 여기에 부원수 강민첨의 기병까지 가세하여 후미를 치니 천하의 명장이라 불리는 소배압도 어쩔 수 없었다. 그는 귀주 벌판에서 대패하여 무기와 방패를 내던지고 북쪽으로 도망쳤다. 무거운 갑옷과 투구는 버린 지 오래였다. 도통뿐만이 아니라 거란 병사들 대부분이

말과 낙타와 갑옷과 투구, 방패와 칼까지 버리고 도통을
따라서 북쪽으로 달아났다.

"부원수! 끝까지 추격하여 섬멸하라!"

강감찬이 급히 명을 내렸다.

"예, 끝장을 내겠습니다!"

강민첨 부원수가 1만여 명의 기병을 거느리고 쏜살같
이 거란군을 뒤쫓아갔다. 고려군은 꽁무니를 빼는 거란
군을 바짝 따라붙어 귀주 앞을 흐르는 석천을 넘어 추격
하면서 인정사정없이 적을 베어나갔다. 강민첨의 기병은
장창을 던지고 활을 쏘며 강을 건너던 거란군을 격파했
다.

고려군이 파죽지세로 밀어붙이면서 석천과 황화천에
서 전투가 벌어졌다. 이때 거란 황제의 친위대인 천운군
과 우피실군 가운데 상당수가 물에 빠져 죽었다. 또한 요
련장상온(遙輦帳詳穩) 아과달(阿果達), 객성사(客省使)
작고(酌古), 발해상온(渤海詳穩) 고청명(高淸明), 천운군
상온(天雲軍詳穩) 해리(海里) 등 거란의 거물급 지휘관들
이 죽었다.

다급해진 소배압이 갑옷을 벗어 던지며 부하들에게 외쳤다.

"갑옷과 병장기를 버리고 도망가라!"

고려군은 적군을 반령과 팔영령까지 추격해 매섭게 몰아붙였다. 고려군의 거센 공격을 받은 거란군은 갑옷과 투구, 창칼과 활과 화살이며 도끼까지 버리고 맨몸으로 도망가기 바빴다. 말과 낙타를 돌볼 겨를도 없었다.

"놓치지 말고 추격하라!"

강민첨 부원수가 북을 치며 명령했다. 고려군은 성난 사자처럼 거란군을 공격해 소배압이 거느린 본진마저 철저히 궤멸시켰으며 1만 명의 거란군을 포로로 잡았다.

섬멸 작전이 끝난 뒤, 귀주 벌판에는 거란군의 시체가 산을 이루었다. 거란군으로부터 노획한 말, 낙타, 갑옷과 투구와 병장기는 이루 다 셀 수가 없었다. 살아서 압록강을 넘어간 거란군은 겨우 수천에 불과했다. 고려군이 세계 최강의 거란군을 전멸시킨 것이다. 강감찬은 이 전투로 26년 동안 지속된 고려거란전쟁에 종지부를 찍은 영웅이 되었다.

거지꼴을 하고 돌아온 소배압을 본 거란의 성종 야율융
서는 격분하여 소리쳤다.

"네가 적을 가볍게 보고 깊이 들어갔다가 이 지경에 이
르게 되었으니 무슨 면목으로 나를 볼 것이냐? 우리가 처
참한 패배를 맛본 것은 고려와의 전쟁이 유일하다. 짐이
마땅히 너의 낯가죽을 벗겨낸 뒤에 죽일 것이다!"

소배압은 귀주에서 황실의 상비군인 천운군과 우피실
군을 대부분 잃고, 거란의 쟁쟁한 장군들마저 잃은 패장
이었기에 고개를 푹 숙였다.

일흔두 살의 상원수 강감찬은 귀주 벌판에서 대승을 거
둔 뒤 승전한 군사들을 거느리고 개경을 향해 출발했다.
척후병을 통해 승전 소식을 들은 현종은 신하들을 데리
고 친히 영파역까지 마중 나와 강감찬의 두 손을 꼭 잡아
주었다.

"수고하였소, 상원수! 거란군을 물리쳐 주어서 정말 고
맙소. 청사에 길이 남을 이 엄청난 승리를 귀주대첩이라
불러야겠소."

"폐하! 이 모든 게 폐하의 은덕이옵니다."

현종은 금으로 만든 꽃 여덟 송이를 친히 강감찬의 머리에 꽂아주었다. 영광스러운 환대였다. 그리고 오색 찬란한 비단으로 휘장을 친 다음, 강감찬과 고려군의 승전을 축하하는 연회를 베풀어주었다.

이후, 강감찬은 개경의 성곽을 감싸는 나성을 축조할 것을 건의하여 실행에 옮겼고 검교태위 벼슬과 공신호를 받은 뒤 벼슬에서 물러났다. 하지만 현종은 팔순의 강감찬을 다시 문하시중으로 임명하면서 이렇게 말했다.

"경을 누구보다 신뢰하고 존중하오. 오래오래 경륜을 펴주기를 바라오."

강감찬은 현종이 승하한 지 3개월 뒤인 1031년 8월, 84세의 나이로 삶을 마감했다.

귀주에서 대패한 거란은 고려에 사신을 먼저 보내 국교를 수립했으며 송나라를 침략하지도 못했다. 고려는 송나라와도 교류를 이어가며 오랫동안 태평성대를 누렸다.

나는 강감찬이다

나는 강감찬이다. 내가 활동할 무렵의 고려는 건국 이래 최대의 위기를 맞고 있었다. 북방의 강자로 군림한 거란은 이미 발해와 정안국을 멸망시키고 서역으로 세력을 뻗치며 정복국가로서의 기염을 토하고 있었다. 거란은 송나라를 완전히 정복해 중원을 차지하고자, 후방을 안정시키려는 목적으로 고려에 대한 1차 침략을 감행했다. 내 나이 마흔여섯, 과거에 장원급제한 내가 10여 년간 하위직의 지방관을 전전하고 있을 때였다.

소손녕이 침략해올 때, 우리 역사상 가장 뛰어난 외교관으로 꼽히는 서희가 담대한 외교술을 펼쳐 위기를 넘겼다. 소손녕은 80만 대군을 이끌고 왔다며 우리 황제에게 항복을 요구했다. 그게 싫으면 고려의 북쪽 영토를 떼어 달라는 으름장도 덧붙였다. 주된 목적은 고려와 송나라 사이의 외교 관계를 끊는 것이었다.

그때 조정 대신들의 대부분은 영토를 넘겨 주자는 할지론, 항복하여 평화를 얻자는 항복론을 주장했다. 하지만 서희는 할지론과 항복론에 모두 반대하며 소손녕과 담판하겠다는 결연한 의지를 보였다. 소손녕과 과감하게 담판을 짓는 자리에서 서희는 거란에 대해 조공·책봉 관계에 의한 사대 관계를 약속했고 송나라와의 외교 관계를 끊겠다고 다짐했다

그 대신 거란과 통교하기 힘드니 여진족을 쫓아내고 고려가 압록강 부근의 영토를 차지하겠다는 의지를 표명했다. 소손녕은 고려가 거란에 사대한다고 하자, 힘에 의한 국제질서를 회복한 명분상의 이득을 얻은 데 대한 보상으로 여진족이 활보하는 그 땅을 주겠다고 약속했다. 서북면 일대의 영토, 280리에 달하는 강동육주는 우리의 선조인 고구려가 지배하던 땅이었다. 서희의 탁월한 외교

로 인해, 고구려 멸망 이후 실로 삼백여 년 만에 잃어버렸던 옛 땅을 되찾은 것이었다. 나는 이때의 감격을 영원히 잊을 수 없으며, 서희를 내 마음속의 영웅으로 우러러보았다.

강동육주, 즉 서북면에 쌓은 성들은 뒷날 거란군의 침입을 격퇴하는 견고한 요새가 되었다. 그로부터 17년 뒤, 거란군은 강조의 정변을 이유로 2차 침입을 감행했다. 이번에는 거란의 황제인 야율융서가 친히 40만 대군을 거느리고 압록강을 건넌 것이다. 그때도 예전과 마찬가지로 조정 대신들은 항복론을 입에 올리며 공포에 짓눌린 표정을 지었다. 스무 살이 채 되지 않은 어린 황제 현종은 곡소리처럼 울려 퍼지는 항복론 앞에서 어찌할 바를 몰랐다.

나는 이때 항복해서는 안 된다며 목소리를 높였다. 내가 무엇을 어떻게 해야 할지는 나도 잘 몰랐다. 다만, 이대로 항복한다면 고려의 운명이 나락으로 떨어질 게 분명했고, 그것을 막아야겠다는 생각뿐이었다. 나는 거듭해서 황제의 몽진을 주청하였고, 시간을 벌면서 서서히 이길 방법을 찾아야 한다고 부르짖었다.

나는 아버지에게서 발해의 멸망에 대해 들은 적이 있었다. 발해의 부여부를 격파한 거란의 태조 야율아보기는 수도인 상경용천부를 점령하고 발해 황제를 사로잡았다. 이로써, 거란은 불과 한 달 만에 발해를 멸망시켰다. 국왕을 사로잡으면 전쟁을 끝낼 수 있던 시기였기에, 항복은 곧 국가의 종말로 이어질 수도 있었다. 다행스럽게도 현종이 나의 의견을 받아들여 몽진 길에 올랐기에 위기를 넘길 수 있었다. 이때 내가 거란군 진영에 가서 현종의 친조 약속을 전한 것과 끝내 야율융서에게 죽임을 당한 하공진의 충절로 인해 거란군이 극적으로 회군하게 되었다.

이때, 서북면도순검사 양규를 비롯한 걸출한 장수들이 회군하는 거란군을 맹렬하게 공격하여 심각한 타격을 입힌 일은 아무리 칭송해도 지나치지 않을 것이다. 더구나 양규가 거느린 1,700여 명의 결사대, 그리고 김숙흥이 거느린 수백여 명의 결사대가 거란군 본진을 상대로 처절한 전투를 벌이다가 2천여 명이 모두 전사했던 일은 고려의 대외 항쟁 사상 가장 가슴 아프고 비장한 순간일 것이다.

그로부터 8년 후인 1018년, 현종이 친조의 약속을 어겼다는 것을 이유로 거란이 3차 침입을 감행했다. 나는 지방관으로 일할 때부터 틈만 나면 서북면의 여러 성을 둘러보았고, 그 지역의 산세와 지형을 연구하였다. 또한, 여러 고을과 산과 내, 들과 벌판을 다니면서 그곳의 기후와 날씨가 어떤 변화를 일으키는지 살펴본 바가 있었다. 그 지역 토박이들에게서 어느 장소, 어느 시간에 바람이 돌변하는지에 대해 들은 적도 있었다.

　나의 관심사는 온통 거란의 침략을 막아낼 방도를 찾는 데 있었다. 거란군이 침략하면 고려 땅은 지옥으로 변했다. 그들은 마을을 약탈해 식량을 빼앗는가 하면 방화와 살인, 부녀자에 대한 겁탈을 무자비하게 저질렀다. 영토를 차지하고 항복을 받아내기 위해 수단과 방법을 가리지 않았다. 그뿐인가. 백성들을 포로로 끌고 가서 마소처럼 부리거나 전쟁터로 끌고 다니며 용병으로 쓴 후 버렸다. 그런 지옥을 겪지 않으려면 거란을 막을 방법에 대해 연구하는 수밖에 없었다.

　나는 예순두 살 때 동북면병마사로서 국경을 지켰다.

그때 군대의 실무를 익힐 수 있었다. 또, 일흔한 살 때에는 서경유수로서 군대를 통솔하는 실질적인 지위에 있었다. 나는 고려에도 중갑기병이 있어야 한다고 줄기차게 역설했고, 현종의 승인하에 1만여 명의 중갑기병을 육성하는 데 성공했다.

이제 귀주대첩에 대해 말할 순서다. 지난 두 번의 침략에 비추어보면, 압록강을 건넌 거란은 늘 흥화진을 제일 먼저 공격했다. 세 번째 침략 때는 어디로 진격할 것인가. 나는 발해 멸망을 떠올렸다. 답이 나왔다. 개경 직공을 택할 것이다. 두 번이나 실패한 그들이 세 번째에는 결정타를 먹이려고 할 것이다. 개경을 함락하고 황제를 사로잡아 항복을 받으려고 할 것이다. 그렇게 되면 고려는 거란의 속국이 되거나 역사 속으로 사라질지도 몰랐다. 그래서 그들의 첫 번째 진격지를 삼수채로 정했다. 나의 예상은 적중했다.

개경 직공이라는 단순한 그림이 그려지자, 그 뒤의 상황도 뻔했다. 그래서 강민첨과 조원에게 거란군을 추격해 위주, 연주에서 공격하도록 했고 김종현에게는 개경 방어를 명령한 것이다. 그리고 회군하는 적들을 귀주 쪽으로 몰아붙이게 한 다음, 귀주 벌판에서 대회전을 치러 거란군을 일거에 섬멸한 것이다.

후손들의 평에 의하면, 귀주대첩은 단순한 승전이 아니었다. 11세기 동북아의 질서를 완전히 뒤흔들어놓은 일대 사건이었다. 고려는 이 전쟁에서 대승을 거둠으로써 거란과 송나라 사이에서 세력 균형을 유지하는 균형추 역할을 했다. 귀주에서 패배한 거란은 더 이상 고려를 넘보지 못했다. 군사력이 약화된 까닭에 송나라를 침략할 수도 없었다. 고려의 막강한 저력을 확인한 송나라도 고려를 함부로 대하지 못했다. 고려는 두 나라와 자유롭게 교류하면서 실리 외교를 추구할 수 있게 되었다.

한민족의 대외 항전사상 3대 대첩 가운데 하나로 꼽히는 귀주대첩은 당시의 국제질서에 커다란 지각변동을 일으켰다. 우선 고려거란전쟁의 승자인 고려의 위상이 드높아졌다. 패전국인 거란은 먼저 사신을 고려에 보내 화친을 요청했다. 고려 역시 사신을 보내 조공·책봉 관계로서 거란에 대해 형식적인 사대를 약조했다. 하지만 고려는 외왕내제(外王內帝) 정책으로 주변 소국들과 조공·책봉 관계를 맺는 황제국으로서의 위엄을 떨치며 다원론적인 천하관을 관철해 나갔다. 또한 강력한 국력을 바탕으로 거란, 송나라와 대등하게 교류했다.

고려가 당대 최강이라는 거란군을 전멸시킨 귀주대첩의 승전보는 이웃 나라들에도 속속 전해졌다. 이 엄청난 전쟁을 지켜본 동여진과 서여진, 불내국, 흑수말갈, 철리말갈 등이 스스로 조공국이 되겠다는 약조문과 함께 사신단과 토산물을 고려에 보냈다. 우산국, 탐라국, 헤이안 시대의 일본국도 사절단을 보내 고려와 교류 관계를 맺었다.

고려는 안정된 분위기 속에서 여러 나라와 외교 관계를 맺고 자유롭게 무역을 했다. 또한, 학문과 문화를 발달시키면서 더욱 부강한 나라가 되었다. 그 무렵 멀리서 대식국(大食國) 상인들이 고려를 찾아오는 일도 생겼다. 송나라에 무역하러 왔다가 고려 땅을 밟은 사라센제국 사람들은 고국에 돌아가서 "동쪽 끝에 갔더니, '코리아'라는 멋진 나라가 있었다."라고 자랑했다. 이는 코리아가 국제

사회에 널리 알려진 계기였다. 고려는 오랫동안 태평성대를 누렸다.

　나 강감찬은 국운이 융성하고 문화가 발전하며 대외적으로 고려라는 나라의 이름이 널리 알려지는 것을 뿌듯하게 생각한다. 그러나 이 모든 일은 나 혼자서 이룬 것이 결코 아니다. 어떤 일이 이루어지기 위해서는 하늘과 땅, 그리고 사람의 의지가 두루 작용해야 한다. 나이가 많은 나를 뒷방 늙은이로 취급하고 중용한 황제의 현명한 판단이 없었다면 내 어찌 이 모든 것을 준비할 수 있었겠는가. 또한, 생사를 돌보지 않고 적진으로 뛰어든 숱한 휘하 장수와 병사들이 없었다면 세계 최강의 기마군단인 거란의 정예 기병을 어찌 물리칠 수 있었겠는가.

　나 강감찬은 이 지면을 빌려 후손들에게 말한다.

　"오늘날, 귀주 벌판에 다시 선다 해도 나는 대회전을 감행할 것이다. 우리 겨레를 수없이 괴롭히고 강토를 말발굽으로 짓밟는 거란군을 철저히 섬멸하지 않고서는, 다시는 고려를 넘볼 수 없도록 만들지 않고서는 결코 평화로운 저녁을 맞이할 수 없기 때문이다. 후손들이여! 만약 그대 앞에 위기가 닥친다 해도 두려워하지 말지어다. 위기 앞에서 절망하지 말고, 무릎 꿇지 말고, 서서히 이길 방도를 찾아야 한다. 한 발짝 나아가기 위해 두 발짝 후퇴한다 해도 부끄러워하지 말지어다. 끝까지 포기하지 말고 맞서 싸우다 보면 위기를 뛰어넘는 순간이 올 것이다. 그때, 아껴둔 벅찬 눈물을 뿌려라."

한민족의 정체성을 만든
인물들을 통해, 삶의 지혜와
미래의 길을 연다.

고대 신화가 아니라 실재했던 한겨레의 국조

서로 잘 어우러져 하나가 되는
홍익인간 공공사회를 일구었노라

나는 **단군왕검** 이다

"나는 임금이 되어 우리 겨레를 홍익인간의 삶으로 이끌러 애썼
그러면서도 자연의 원리에서 떠나지 않으려 했다.
융통성을 바탕으로, 공동체를 사안에 따라 매우
유연하고도 능란하게 운영하려고 했다. 반란과 대홍수를
이겨내고 모두 하나가 되는 공공사회를 일구었노라."
- 단군왕검이 독자에게 -

박선식 지음 | 값 14,800원

근대 삼한갑족 노블레스 오블리주의 대명사

동서고금을 통해 해방운동이나
혁명운동은 자유와 평등을 추구하는 운동이었다.

나는 **이회영** 이다

"한 민족의 독립운동은 그 민족의 해방과 자유의 탈환을 뜻한
이런 독립운동은 운동 자체가 해방과 자유를 의미한다.
태고로부터 연면히 내려온 인간성의
본능은 선한 것이다."
- 이회영이 독자에게 -

이덕일 지음 | 값 14,800원

근대 육성으로 직접 들려주는 독립군의 장군 일대기

내가 오지 말았어야 할 곳을 왔네,
나를 지금 당장 보내주게

나는 **홍범도** 다

야 이놈들아, 내가 언제 내 흉상을 세워 달라 했었나.
왜 너희 마음대로 세워놓고, 또 그걸 철거한다고 이 난리인기
내가 오지 말았어야 할 곳을 왔네. 나를 지금 당장 보내주게.
원래 묻혔던 곳으로 돌려보내주게.
나는 어서 되돌아가고 싶네.
- 홍범도가 독자에게 -

이동순 지음 | 값 14,800원

한국 인물 500인 신간 소개

고대 배달 민족의 얼인 고대 동아시아 지배자

나는 **치우천황**이다

대동 세상을 열려는
너희 본디 마음이 나 치우다

"나는 천산산맥 넘어 해 뜨는 밝은 곳을 향해 내려와
신시 배달국을 열었다. 너도 하느님 나도 하느님, 너도 왕이고
나도 왕이니 서로서로 섬기는 대동 세상 터를 닦고 넓혀왔다.
하여 뭇 생명이 즐겁고 이롭게 어우러지는 세상을 열려는
너희 본디 마음이 곧 나일지니."
- 치우천황이 독자에게 -

이경철 지음 | 값 14,800원

근세 현모양처의 대명사인 한 여성의 삶과 꿈

나는 **사임당**이다

많이 알려졌어도 실제
내 삶을 아는 사람은 드물구나

"나만큼 많이 알려진 인물도 없다. 그러나 나만큼 제대로
알려지지 않은 인물도 없다. 율곡의 어머니, 겨레의 어머니,
현모양처의 모범과 교육의 어머니로 많이 알려졌어도
실제 내 삶이 어떠했는지 아는 사람은 거의 없다.
나는 내 삶을 바르게 살고 싶었을 뿐이다."
- 사임당이 독자에게 -

이순원 지음 | 값 14,800원

현대 남북한과 동서양의 화합을 위해 헌신한 삶과 음악

나는 **윤이상**이다

남북통일과 세계의 화합과
평화를 염원하며 작곡했다

"나는 남한과 북한, 동양과 서양, 고전과 현대의 경계에 서서
화합을 모색해 왔다. 우리 민족혼을 바탕으로 민주화와
통일을 갈망했고 세계가 전쟁과 핵 공포에서 벗어나
평화와 평등의 세상으로 나가기를 바랐다.
내 음악은 이 모든 염원의 표상이다"
- 윤이상이 독자에게 -

박선욱 지음 | 값 14,800원

한국 인물 500인 신간 소개

귀주대첩으로 고려를 구한 구국의 영웅

11세기 동북아의 국제질서를 뒤흔들어놓은 귀주대첩

나는 *강감찬* 이다

"거란의 2차 침입 때 대신들이 항복을 말했지만 나는 항복은 안 된다고 외쳐 위기를 넘겼다. 동북면병마사, 서경유수로 재직하면서 거란의 재침에 철저히 대비한 나는 거란의 3차 침입 때 귀주 벌판에서 적을 전멸시켰다. 고려는 막강한 저력을 바탕으로 거란, 송나라와 대등한 외교를 펼치며 평화를 누렸다."
- 강감찬이 독자에게 -

박선욱 지음 | 값 14,800원

꺾이지 않는 마음으로 행동했던 시인

인간다운 삶을 위한 해방,
완전한 독립을 위하여!

나는 *이육사* 다

"나는 꺾이지 않는 마음이다. 의열단 군관학교 출신의 독립운동 비밀요원으로, 감옥에서 죽어가는 순간에도 시를 썼던 시인! 내가 꿈꾸었던 것은 자유롭고 평화로운 세상이었다. 인간다운 삶을 위한 해방, 완전한 독립을 완성하는 것은 이제 그대들의 몫이다."
- 이육사가 독자에게 -

고은주 지음 | 값 14,800원

식민지시대 대중문화운동의 진정한 선구자

너희가 '황성옛터'를 아느냐

나는 *왕평* 이다

나라 잃은 시대, 나는 민족 저항의 노래인 '황성옛터' 한 곡으로 겨레의 영혼에 불을 지폈다.
그 불이 꺼지지 않고 오늘에 이르렀다.
지금 그 불꽃은 꺼졌는가?
여전히 활활 타고 있는가?
- 왕평이 독자에게 -

이동순 지음 | 값 14,800원